Joseph Tassé

Le chemin de fer canadien du Pacifique

Antigonos

Joseph Tassé

Le chemin de fer canadien du Pacifique

Réimpression inchangée de l'édition originale de 1872.

1ère édition 2024 | ISBN: 978-3-38817-401-3

Antigonos Verlag est une marque de Outlook Verlagsgesellschaft mbH.

Verlag (Éditeur): Outlook Verlag GmbH, Zeilweg 44, 60439 Frankfurt, Deutschland, info@outlook-verlag.de
Vertretungsberechtigt (Représentant autorisé): E. Roepke, Zeilweg 44, 60439 Frankfurt, Deutschland
Druck (Imprimerie): Libri Plureos GmbH, Friedensallee 273, 22763 Hamburg, Deutschland

LE

CHEMIN DE FER CANADIEN

DU PACIFIQUE

PAR

JOSEPH TASSÉ

MONTREAL

EUSÈBE SENÉCAL, IMPRIMEUR-ÉDITEUR

Rue St Vincent N°s 6, 8 et 10

1872

LE CHEMIN DE FER CANADIEN DU PACIFIQUE.

Sir Allan McNab disait, il y a déjà bien des années : "My policy is railways." Lorsque cet homme d'état faisait cette déclaration qui, depuis 1867 surtout, est devenue le credo de nos gouvernements, les voies de communication dans le pays étaient bien imparfaites. De fait, il ne faut pas reporter son soûvenir loin en arrière pour signaler l'époque où il n'y avait pas un seul chemin de fer en Canada. En 1850, la locomotive ne parcourait encore qu'une distance de 55 milles.

Mais un énorme changement s'est réalisé depuis. Une véritable fièvre de progrès s'est emparée de notre population, et les habitudes routinières d'autrefois ont disparu rapidement. Les capitaux anglais qui ont construit les deux tiers des chemins de fer du monde entier, ont afflué dans notre pays, et nous ont puissamment aidé à mettre à exécution nos grandes entreprises nationales : nos chemins de fer et nos canaux.

Le Grand-Tronc seul s'est construit au coût total de \$102,865,429 et forme notre plus grande artère de communication. Le Grand Occidental (*Great Western*) a coûté \$24,877,454 et la construction d'autres chemins de fer, qui ont semé sur leur passage l'activité commerciale et la prospérité, n'a pas fait dépenser moins de \$30,000,000. Le pays est aujourd'hui sillonné par au moins 3000 milles de chemins de fer et, avant deux ans, nous en aurons plus de 4,400 en opération.

Ecrire l'histoire des chemins de fer en Canada, ce serait retracer le développement et les progrès énormes que le pays a subis depuis vingt ans. Car, c'est à ces rapides moyens de locomotion que nous devons attribuer dans une grande mesure le mouvement progressif dans l'agriculture, le commerce et l'industrie dont nous sommes témoins. Ils ont été encore nos meilleurs pionniers de la colonisation, et si la forêt s'éloigne aujourd'hui si promptement, nous pouvons en faire remonter la cause également à nos chemins de fer.

C'est ce que l'opinion publique éclairée a compris et le pays a fait les plus grands sacrifices pour encourager de pareilles entreprises et construire un véritable réseau de voies ferrées. Le gouvernement leur a accordé des subventions considérables en terres ou en argent et les municipalités ont suivi libéralement son exemple.

Nous croyons rester dans les strictes limites du vrai en affirmant que la Confédération a été surtout le point de départ des progrès créés par les chemins de fer. Quand bien même ce régime politique n'aurait produit que ce résultat, il suffirait presque pour donner raison aux hommes d'état qui ont contribué à son inauguration.

La Confédération portait dans ses flancs deux mesures extrêmement importantes pour le développement du pays : la construction du chemin de fer Intercolonial et du chemin du Pacifique. Ce sont deux nécessités du nouvel ordre de choses politique et elles en sont la conséquence naturelle. Car, sans l'exécution de ces deux grandes artères de communication, les provinces fédérales restent sans rapports, sans cohésion, et leur union politique et commerciale n'est qu'un vain mot. Ces divers états continuent à se mouvoir isolément dans leurs orbites, éloignés de leur centre de gravitation. L'unité politique vers laquelle nous devons tendre, tout en maintenant nos franchises provinciales, devient irréalisable.

L'Intercolonial qui aura une longueur d'environ 560 milles, et dont on porte le coût à $20,000,000, sera terminé d'ici à deux ans. Cette route est indispensable à l'autonomie de la Confédération au point de vue commercial comme au point de vue militaire. Elle reliera les provinces maritimes au Canada, développera la colonisation sur presque tout son parcours, servira de débouché au commerce inter-provincial, en attendant qu'elle soit l'un des plus longs anneaux de la grande chaine transcontinentale qui va joindre les deux océans. Dans un cas de guerre avec les Etats-Unis, elle serait en hiver la seule voie rapide de transport du côté de l'Atlantique pour les troupes anglaises qui viendraient au secours de nos foyers menacés. C'est le caractère militaire de cette route, qui a décidé le gouvernement anglais à garantir une partie de l'emprunt que nous avons contracté pour sa construction.

Quelleque soit l'importance de cette route, son éclat pâlit comme une étoile inférieure devant un météore lumineux, lorsqu'on la compare au Chemin Canadien du Pacifique, dont les chambres fédérales viennent de décréter l'exécution. Cette œuvre surpasse, par le coût et l'immensité de ses résultats économiques, toutes les autres entreprises publiques qui ont jamais été exécutées en ce pays.

Nous en donnerons une idée lorsque nous aurons dit que ses frais de construction dépasseront le montant entier de la dette publique de la Confédération, qui est d'environ $80,000,000. Et nous ne croyons pas exagérer en affirmant qu'aucun pays, ayant une population aussi relativement limitée que le nôtre, n'a jamais osé jusqu'à présent mettre à effet une conception aussi grandiose.

Une question de cette portée occupe donc, à juste titre, l'attention publique. Elle a été reçue avec une faveur exceptionnelle par nos hommes politiques de presque toutes les nuances, et le succès de cette grande œuvre ne saurait être mis en doute. Le temps est plus que jamais arrivé d'étudier son importance et les conséquences incalculables qu'elle est appelée à produire pour notre avancement matériel et le maintien de nos institutions politiques. Aussi croyons-nous remplir un devoir, en offrant au public canadien, notre modeste contingent de renseignements, sur une aussi vaste entreprise, qui aura sa place parmi les projets géants dont le dix-neuvième siècle a vu l'exécution.

I

LE CHEMIN DU PACIFIQUE. APERÇU HISTORIQUE DE L'ENTREPRISE.

Le projet de construire un chemin de fer sur le territoire britannique de l'Atlantique au Pacifique, n'est pas une idée nouvelle. Depuis longtemps il a été ébauché et on en a reconnu l'importance et la praticabilité. Si un certain public l'a accueilli pendant nombre d'années avec indifférence, en le rangeant au nombre des utopies, il a été en revanche mis à l'étude par des hommes pratiques et éclairés, qui ont démontré l'importance de la révolution économique qu'il doit opérer au nord ouest du continent.

Dès 1848, le lieutenant Synge publiait une brochure intitulée : " Canada in 1848 " dans laquelle il faisait valoir fortement l'entreprise. Cet officier de l'armée anglaise, ayant passé quelque temps dans le pays, était en mesure d'en parler avec connaissance de cause.

En 1852, M. Synge, devenu Capitaine, revenait à la charge et lisait devant la Société Géographique de Londres, une étude sur la question d'un chemin de fer à travers le territoire britannique. Son projet, dit **M. A. Langel**, (1) "est conçu de telle manière que le chemin de fer s'appuie partout sur des voies navigables, et que chaque partie forme un tronçon assez important en lui-même pour attirer l'émigration. Le chemin de fer dès aujourd'hui peut suivre et cotoyer en quelque sorte, jusqu'à trois cents lieues dans les terres, les grands lacs qui forment le plus magnifique réseau de navigation intérieure qu'on puisse trouver dans le monde. Le grand système des rivières qui descendent dans le lac Winnipeg et entrent dans la Baie d'Hudson, en formait la continuation naturelle. Ces voies, qu'on pourrait partout rendre navigables, ouvriraient le continent jusqu'au pied des Montagnes Rocheuses. Cet immense réseau de lacs et de rivières serait complété, du côté du Pacifique, par le système des rivières qui vont y verser leurs eaux, et dont les sources indiquent les passages les plus faciles de la grande chaine centrale. A ces hautes latitudes le massif montagneux est tellement abaissé, qu'à l'époque des grandes crues, les eaux des deux bassins hydrographiques se rejoignent et se mêlent. Bien que le climat des contrées qui dominent le lac Supérieur soit très rigoureux, le capitaine Synge les représente comme parfaitement propres à la culture. La saison d'été y est courte, mais très chaude, les céréales et les fruits y arrivent rapidement à pleine maturité. Plus on avance du côté de l'Océan Pacifique, plus l'âpreté du climat s'efface et tous les voyageurs s'accordent à reconnaitre qu'à l'Ile Vancouver, il est extrêmement doux. "

Le major Carmichael Smith qui avait également demeuré dans le pays, est aussi l'un des premiers promoteurs de l'entreprise. Brochures, lettres aux hommes d'état anglais, communications à la presse, il mit tout en œuvre pour attirer l'attention publique sur cette question qui ne lui avait jamais encore été présentée sous un jour aussi lumineux. Ces écrits n'eurent pas d'effet pratique, mais ils firent du moins connaître un projet qui n'était pas encore mûr, et l'auteur réussit tellement à dégager cette idée de toute apparence d'utopie, que la plupart des journaux de Londres en parlèrent fort avantageusement.

En 1849, il publiait en faveur de ce chemin, une lettre adressée à M. Haliburton, l'un des hommes les plus remarquables de la Nouvelle Ecosse, et le satirique auteur d'un ouvrage plein de sel : " The Clockmaker." Le Major Smith était l'ami intime de M. Haliburton et de notre vétéran politique, l'hon. M. Howe, aujourd'hui secrétaire d'Etat pour les Provinces.

---

1. *Le chemin de fer du Pacifique.* A. Langel. *Revue des Deux Mondes.* 1856

En 1850, il livra ce travail à la publicité sous la forme d'une brochure. Le pays ne possédait alors que quelques tronçons de chemin de fer et le major Carmichael Smith demandait hardiment la construction d'une voie ferrée, d'un océan à l'autre, depuis Halifax jusqu'à la rivière Fraser, dans la Colombie Britannique.

Il calculait que 2,935 milles séparaient les deux océans, soit : 635 milles d'Halifax à Québec, 1200 de Québec à Fort Garry et 1150 de Fort Garry à la rivière Fraser. La première section devait coûter £5,000,000, la seconde £10,000,000 et la troisième £10,000,000. M. Smith eût pu rendre cette évaluation sur le coût de l'entreprise plus exacte, s'il eut été mieux renseigné sur la longueur du trajet que le chemin devait parcourir, car il abrégeait la distance de plusieurs cents milles, puisque de Montréal à l'embouchure de la rivière Fraser seulement, elle est d'environ 3000 milles.

L'auteur envisageait la question surtout au point de vue impérial, et dans son langage énergique, il appelait le chemin : *the great link required to unite in one powerful chain the whole english race.* Il était selon lui de la plus haute importance pour l'Angleterre de construire cette route comme devant lui assurer pour toujours une libre communication avec ses possessions orientales. L'Angleterre pouvait entreprendre l'exécution du chemin de concert avec la Compagnie de la Baie d'Hudson et ses colonies britanniques, et l'on aurait nommé un bureau de direction générale, formé de 15 commissaires, dont 3 de l'Angleterre, 3 de la Compagnie de la baie d'Hudson, 3 du Canada, 3 du Nouveau Brunswick et 3 de la Nouvelle-Ecosse. Et les travaux se seraient faits sous son contrôle par une compagnie intitulée : " La compagnie du chemin de fer de l'Atlantique et du Pacifique."

M. Smith voulait combiner la construction du chemin avec un système d'émigration, qui aurait eu pour but de déverser le trop plein du peuple anglais dans nos solitudes de l'ouest. Mais conformément à une idée fort populaire à cette époque, il suggérait de faire exécuter le chemin par des détenus qui, au lieu d'encombrer les prisons anglaises, auraient été employés aux terrassements de la route, dans ces régions éloignées. Leur surveillance se serait faite par des soldats, dont le licenciement, au bout de dix ans, aurait coincidé avec l'octroi gratuit de lots de terre qu'ils auraient cultivés.

M. Smith faisait encore une description très encourageante du pays que devait sillonner cette grande artère intercontinentale. En signalant l'importance de cette entreprise, il nous représentait le pays complétement métamorphosé sous son influence, les plaines de l'ouest changées en de fertiles campagnes, Halifax,

Québec et Montréal prenant un accroissement extraordinaire, et des villes pleines d'avenir surgissant le long de son parcours.

M. Smith disait encore : Sir Alexander MacKenzie a tracé en grosses lettres vermillonnées, cette courte inscription sur les rocs du Pacifique : " Alexander MacKenzie, du Canada, par terre, le 22 juillet 1794. " Quel sera le premier ingénieur qui gravera sur les Montagnes Rocheuses : " Ce jour, l'ingénieur A. B. a conduit la première locomotive à travers les Montagnes Rocheuses. "

MM. F. A. Wilson et Alfred B. Richards publiaient presqu'en même temps (1850), un livre assez considérable sous la rubrique : *Britain redeemed and Canada preserved*. Ils nous représentent l'Angleterre obérée de dettes, souffrant d'un surplus de population d'aumoins 5,000.000 d'âmes, ravagée plus que jamais par la plaie du paupérisme, menacée d'une crise commerciale, et ne pouvant échapper à un désastre imminent et à un terrible mal social, que par cette grande entreprise qui devait raviver le commerce anglais, offrir un placement avantageux aux capitaux et attirer dans notre pays une affluence énorme de population anglaise.

Evidemment, ces deux publicistes n'auraient jamais formé partie de l'école de Manchester.. Car, ils ont la plus haute idée de l'importance du Canada et ils croient que l'exécution d'un chemin de l'Atlantique au Pacifique aurait pour effet de river son avenir aux destinées de l'empire, de perpétuer l'union coloniale et de nous rendre à jamais indépendants des Etats-Unis. Comme M. Smith, ils suggèrent que l'on transplante des colonies pénales dans l'ouest, dans le but d'exécuter les immenses travaux du chemin.

L'année suivante (1851), M. Allan MacDonell publiait à Toronto un brochure intitulée : *A railroad from Lake Superior to the Pacific, the shortest, cheapest and safest communication for Europe with all Asia*. Le titre de l'ouvrage indique parfaitement le but de l'auteur, et quoique cette étude n'ait que 16 pages, petit texte, elle contient, sous une forme extrèmement concise, tous les arguments que l'on pouvait faire valoir en faveur de l'entreprise. C'est pour la première fois probablement que cette importante question était aussi habilement traitée par une plume canadienne.

M. MacDonell calculait que 1700 milles séparaient le Lac Supérieur du Pacifique et que le chemin pourrait se construire, au coût d'environ $20,000 par mille, moyennant la somme totale de $35,000,000. Cette évaluation était bien trop modérée, puis que le chemin nécessitera une dépense trois fois plus considérable.

Le pays qui ne portait pas ses vues si haut, ne prêta guère d'attention à une entreprise aussi gigantesque. Aux yeux d'un grand nombre, elle devait avoir le sort de tant d'autres beaux projets que l'on caresse comme de vaines chimères.

L'esprit d'incrédulité avec lequel on accueillit cette idée n'a pas lieu de nous surprendre. N'a-t-on pas tourné en dérision M. Ash Whitney, de New York, lorsque l'un des premiers, il fit un énergique appel à l'opinion publique et aux capitalistes, pour construire un chemin de fer à travers le territoire américain jusqu'au Pacifique ? Mais on sait que M. Whitney a fini par avoir raison d'une manière éclatante, puisque le 10 mai 1869, on inaugurait au milieu de démonstrations solennelles et enthousiastes, le premier chemin de fer américain qui ait relié les deux océans, en donnant une solution victorieuse à l'un des plus grands problèmes qui se soient encore offerts à la science et à la persévérance humaine.

Cependant ce germe d'une grande idée se fit jour quelque part. L'hon. M. Sherwood présenta dans notre législature provinciale en 1851, un bill incorporant une compagnie pour la construction du chemin du Pacifique. Dans la session de 1852 53, une pétition fut présentée par M. Allan MacDonell et autres pour construire un chemin de fer du Lac Huron au Pacifique, à la condition que le gouvernement leur allouât une subvention de 60 milles de terrain sur tout le parcours de la ligne.

En 1854 55, l'hon. A. N. Morin, le champion de tant de belles causes, fit passer un bill incorporant une compagnie pour la construction du Chemin du Pacifique du Nord. Mais cette compagnie ne s'avisa pas plus que les précédentes de mettre sa charte à effet.

En 1858, une puissante compagnie s'organisa dans le même but et l'on crut que l'entreprise allait avoir enfin un commencement d'exécution. Mais, malgré la formation d'un bureau de direction composé d'hommes influents, on ne tenta aucune opération sérieuse. Cette compagnie prit le nom de " Compagnie de transport maritime et par chemins de fer du Nord Ouest." Elle avait, dit M. Fleeming dans une étude publiée en 1863, des pouvoirs très étendus ; en outre de la faculté de trafiquer sur les fourrures, le pémican, les cuirs, l'huile de poisson, et autres articles de commerce, elle était autorisée à rendre navigables les différents cours d'eau ; à construire des chemins en fer et des voies à rails en bois, et des lignes ferrées entre les lacs et rivières navigables de manière à faciliter les moyens de transport du Lac Supérieur à la rivière Fraser. Elle avait encore le droit d'acheter et d'employer des navires de toute sorte sur le Lac Supérieur et sur toute les nappes et cours d'eau au nord et au nord-ouest du dernier de ces deux lacs, ce qui lui ouvrait un vaste champ pour les entreprises commerciales.

Le gouvernement canadien qui commençait à sentir l'importance d'ouvrir des communications avec le Nord-Ouest, fit faire une exploration topographique et géologique de la région située entre le Fort William et le Fort Garry et de la vallée de la Rivière Rouge, sous la direction de M. Gladman. Les documents officiels de 1858 renferment des rapports vraiment précieux sur cette exploration.

En 1858, une autre expédition fut organisée sous les auspices du gouvernement, par M. Henry Houle Hind. L'administration canadienne, satisfaite des informations importantes qu'elle avait déjà obtenues sur ces territoires, voulut poursuivre ses recherches plus loin, en faisant explorer les deux immenses vallées de l'Assiniboine et de la Siskatchewan. L'expédition avait instruction de se procurer les renseignements les plus complets sur la géologie, l'histoire naturelle, la topographie et la météorologie de ces régions. La plupart des explorateurs étaient des spécialistes distingués et MM. Henry Houle Hind et S. J. Dawson ont publié des rapports très étendus et fort élaborés, que nous aurons l'occasion de mentionner ultérieurement.

La petite colonie de la Rivière Rouge, perdue pour ainsi dire dans l'immensité des prairies, et n'ayant de rapports qu'une fois par mois avec l'étranger par la voie des Etats Unis, ressentait vivement de son côté les mille inconvénients de sa séquestration du monde civilisé. A quelques cents milles au sud, le Minnesota était alors en plein enfantement, et les colons de la rivière Rouge enviaient avec raison la rapidité de ses progrès.

Un projet était alors sur le tapis pour construire un chemin et établir une ligne télégraphique depuis le Lac Supérieur jusqu'à la Colombie Anglaise, et ils crurent l'occasion favorable d'élever la voix en faveur de l'entreprise, en faisant un appel, à la fois, aux gouvernements impérial et canadien. Telle était leur anxiété de voir s'ouvrir une communication avec le Canada, qu'ils offrirent de construire un chemin depuis le Fort-Garry jusqu'au Lac des Bois, une distance de 90 à 100 milles, si l'Angleterre ou le Canada voulait ouvrir le reste de la route jusqu'au Lac Supérieur.

Ils présentèrent un mémorial sur les avantages d'une route jusqu'au Pacifique et M. Sandford Fleeming, ingénieur de renom, fut chargé de faire valoir leur cause dans une brochure, nourrie de données précieuses sur l'importance d'une route intercontinentale à travers le territoire britannique.

En 1863, alors que l'administration McDonald-Sicotte était au pouvoir, il est fait pour la première fois mention de l'ouverture de communications avec la Colombie Anglaise dans le discours du trône. Elle était conçue dans les termes suivants :

" J'ai reçu, disait le gouverneur, du secrétaire d'état pour les colonies, une dépêche contenant copies d'une correspondence entre le gouvernement de Sa Majesté et l'agent de l'*Atlantic and Pacific Transit and Telegraph Company*, se rapportant à une proposition faite par cette compagnie pour l'établissement d'une communication télégraphique et postale entre le Lac Supérieur et New-Westminster, dans la Colombie Britannique.

" L'importance d'une pareille entreprise pour les provinces britanniques de l'Amérique septentrionale au double point de vue commercial et militaire, m'induit à recommander le sujet à votre considération. Des copies de cette correspondence seront mises devant vous, et je suis assuré que si quelque 'poposition propre à effectuer l'établissement d'une pareille communication, à des conditions avantageuses à la province était faite, elle serait reçue favorablement."

Lors des débats qui amenèrent la Confédération, en 1865, il fut souvent question du chemin du Pacifique, et la plupart de nos hommes d'état déclarèrent qu'il serait avant longtemps une nécessité commerciale et politique pour les provinces confédérées. Le regretté Thomas D'Arcy McGee, fit entendre plus d'une fois d'éloquents accents en faveur de cette colossale entreprise, et dans ses brillants tableaux sur notre avenir, il nous représentait les richesses de l'Orient : l'or d'Australie, les châles du Cachemire, les diamants de Golconde, les soies de la Chine, les épices du Molabar et des Moluques passant au milieu de nous pour se rendre en Europe.

La construction du chemin du Pacifique, est l'une des mesures déterminées par l'Acte d'Union de 1867.

La colonie de la Rivière Rouge n'était pas seule à demander l'ouverture de communications avec le Canada. La Colombie Britannique a appelé plus d'une fois l'attention des autorités impériales sur le sujet et, en 1868, M. Alfred Waddington un ingénieur distingué, se rendit en Angleterre dans les intérêts de l'entreprise.

Il y publia une brochure intitulée : *Overland route through British North America*, qui renferme des renseignements complets sur le chemin du Pacifique. Il est de toute nécessité, disait-il, que cette route se construise. Il y va des plus grands intérêts de l'empire. Les Etats-Unis auront terminé sous peu, un chemin du Pacifique et ils enlèveront à la Grande Bretagne le commerce oriental et la suprématie maritime, si elle ne se met de suite à l'œuvre et ne construit à travers le territoire canadien la route la plus courte pour communiquer avec l'Asie.

M. Waddington a été incontestablement le plus ardent champion de cette entreprise. Exploration de la route, étude du caractère physique des Montagnes Rocheuses, publications, conférence devant la Société Géographique de Londres, voyages en Angleterre, aux Etats-Unis et en Canada, pétition à la Chambre des Communes d'Angleterre, démarches auprès des hommes politiques et des capitalistes, il a été sans cesse sur la brèche pour faire valoir la grande idée dont il s'était constitué l'infatigable promoteur.

Il allait voir enfin ses courageux efforts, qui indiquent un caractère fortement trempé et l'intelligence des grandes choses, couronnés de succès, lorsque la mort est venue l'étreindre brusquement à Ottawa, il y a quelques mois. Il a laissé à d'autres le soin de recueillir la moisson, mais son nom n'en demeurera pas moins inséparablement associé à cette entreprise[1].

Malgré le réveil de l'opinion publique, l'exécution de ce projet eut été différée encore bien des années, si l'annexion de la Colombie Britannique au Canada n'eut empéché tout autre atermoiement. En 1871, des délégués de cette province entamèrent des négociations avec le gouvernement canadien au sujet de son entrée dans la Confédération. Leur mission fut couronnée de succès et la construction du chemin du Pacifique fut définitivement arrêtée.

L'engagement conclu entre le Canada et la Colombie Britannique est conçu dans les termes suivants : " Le gouvernement canadien s'engage à faire commencer simultanément, dans les deux années de la date de l'union, la construction d'un chemin de fer du Pacifique aux Montagnes Rocheuses, et du point qui pourra être choisi, à l'est des Montagnes Rocheuses jusqu'au Pacifique, pour relier la côte maritime de la Colombie Britannique au réseau des chemins de fer canadiens,—et de plus à faire achever ce chemin de fer dans les dix années de la date de l'union. "

L'administration a déployé une grande activité pour faire honneur à cet important engagement. L'hon. M. Langevin s'est rendu dans l'été de 1871 à la Colombie Britannique pour examiner cette région et ses ressources, afin d'être en état de diriger, à bon escient,

1. M. Frédéric Whymfer dans son ouvrage : *Voyage et aventures dans la Colombie Britannique, l'Ile de Vancouver et l'Alaska,* dit qu'il fit la connaissance de M. Alfred Waddington, lors de son voyage dans la Colombie Britannique, au mois de mars 1864. M. Waddington faisait alors executer à ses frais la route de Cariboo dans le but de faciliter la colonisation. Quatorze des ouvriers qu'il employait furent assassinés, le 30 avril 1864, par les sauvages Tchilicotes et M. Whymfer apprit que M. Waddington lui même avait été massacré. " Ces événements," dit-il, " produisirent à Victoria une sensation profonde. Chacun déplorait la fin lamentable de M. Waddington et regardait sa mort comme une calamité publique. "

M. Waddington n'est pas le premier personnage dont l'éloge funèbre ait été publié avant sa mort.

la grande entreprise projetée, qui relève du ministère des Travaux Publics. Et il a publié à son retour, un rapport de sa visite officielle, qui constitue une véritable mine d'informations sur un pays extrêmement favorisé par la nature, et qui mérite d'être mieux connu qu'il ne l'est.

Des partis d'ingénieurs furent dépêchés sans délai aux deux extrémités de la route pour faire l'étude du tracé et du caractère topographique du pays qu'elle devra sillonner. Nous connaissons déjà le résultat d'une partie de leurs explorations, que nous signalerons dans une autre partie de cette étude.

Une somme considérable est affectée à cet objet. Le gouvernement en entreprenant ces explorations préliminaires, a imité l'exemple donné par les Etats-Unis qui ont dépensé $340,000 pour mettre à l'étude les tracés qu'ils firent explorer à diverses latitudes, dans le but de construire un chemin du Pacifique. Mais les frais d'exploration seront déduits de l'octroi en argent voté par le parlement canadien.

A la dernière session des chambres fédérales, Sir George E. Cartier, dont le nom est depuis longtemps lié à la cause des chemins de fer, a fait adopter, à une très forte majorité, un bill pour la construction du chemin du Pacifique. Le principe d'une mesure aussi grosse de conséquences, a été accepté par tous les partis, et le projet n'a été combattu que sur le meilleur mode à adopter pour le mettre à exécution. C'est un fait important à constater, car il prouve que l'esprit public s'élève en Canada, à mesure que l'horizon de notre politique s'agrandit. Ainsi il ne suffit pas toujours, à l'encontre du passé, qu'une grande mesure d'utilité publique soit défendue par un parti, pour que ses adversaires la combattent avec un opiniâtre acharnement, au risque de nuire aux plus graves intérêts du pays. Il y a d'ailleurs assez d'autres questions importantes qui offrent un vaste champ aux luttes politiques, sans que l'esprit de parti doive s'attaquer aux mesures qui contribueront réellement à notre avancement et à notre progrès matériel.

Le gouvernement canadien s'est engagé par cette mesure à donner un octroi de $30,000,000 en argent et de 50,000,000 d'acres de terre à la compagnie qui voudra entreprendre l'exécution du chemin. Le subside en argent sera contracté au moyen d'un emprunt sur le marché anglais, dont le tiers a été garanti par le gouvernement impérial.

Cette double subvention assure, suivant toutes probabilités, la construction du chemin. Déjà deux compagnies se sont formées pour entreprendre les travaux et, à la tête de l'une d'elles, se trouve

Sir Hugh Allan, dont le nom est accolé à tant d'autres grandes
entreprises, qu'il a su toutes mener à bonne fin par sa haute intelligence des affaires et son indomptable énergie. Cet homme est le
véritable fondateur de cette magnifique flotte de steamers et voiliers
qui sillonnent aujourd'hui l'océan, et il a fait plus que qui ce soit
pour mériter au Canada, le nom de quatrième puissance maritime
du monde [1].

Sir Hugh Allan veut couronner sa laborieuse carrière en
attachant son nom à cette gigantesque entreprise, et il est probable
qu'il saurait en recueillir gloire et fortune. Son nom seul aura
une énorme influence sur les capitalistes et, si l'entreprise lui est
confiée, on s'accorde à dire que le succès est certain.

II

PRATICABILITÉ DE LA ROUTE.

Les grandes entreprises ne se sont jamais éxécutées sans rencontrer de formidables obstacles. Les hommes et les événements
ont parfois paru se coaliser pour leur opposer une barrière qui
semblait infranchissable.

Il a suffi qu'elles fussent entourées de grandes difficultés pour
qu'un certain nombre d'esprits, habitués à envisager avec effroi
tout projet un peu hazardeux, se soient empressés d'en décréter
l'impraticabilité. Et ces mêmes pessimistes n'ont pas hésité ensuite à qualifier d'utopistes et de songe-creux les hardis pionniers
de ces idées nouvelles.

1 Comme le rang que nous assignons au Canada, comme puissance maritime
pourrait paraître trop élevé, nous appuyons cette assertion des statistiques
suivantes publiées par le *Statesman's Yeark-Book* de 1870.

Pays.	Nombre de vaisseaux.	Tonnage.
Grande Bretagne,	22,250	5,516,434
Etats-Unis,	23,118	4,318,309
France,	15,637	1,042,811
Canada,	7,591	899,096
Italie,	17,788	815,521
Norvége,	6,215	795,876
Prusse,	1,460	406,612
Espagne,	4,840	367,790
Netherlands,	2,117	267,596
Autriche,	7,830	324,415
Russie,	2,132	180,992
Danemark.	3,132	175,554

Il est toujours facile d'égarer le public en excitant ses préjugés et d'empêcher pour un temps au moins les capitalistes, naturellement peu confiants, de se lancer dans toute entreprise un peu aventureuse. Aussi a-t-il fallu une grande somme de courage et de persevérance de la part de ceux qu'on traitait dédaigneusement d'utopistes, pour lutter victorieusement contre le flot des passions que l'on soulevait contre eux.

Mais qu'eut-il arrivé si ces prétendus visionnaires n'avaient pas eu une foi aussi inébranlable dans la réussite de leurs projets et si leurs détracteurs eussent fini par triompher auprès de l'opinion publique éclairée, auprès des sommités de la politique et de la finance? Que de grandes choses seraient encore à faire? Quel mouvement rétrograde la civilisation eut subi?

Le célèbre M. de Lesseps n'eut jamais ouvert l'isthme de Suez à la navigation et au commerce du monde entier, le Mont Cénis ne serait pas encore percé, le fluide électrique ne traverserait pas l'océan, et la locomitive n'escaladerait pas aujourd'hui triomphante les cimes neigeuses de la Sierra Nevada et des Montagnes Rocheuses et ne sillonnerait pas tout un continent.

Mais les préjugés n'ont qu'un temps. Les nuages de l'erreur finissent toujours par se dissiper au souffle puissant de la vérité. Et tandis que ceux qui auront fait appel aux mauvais instincts du peuple pour s'opposer à de grandes idées, fécondes en résultats, seront confondus dans l'humiliation et dans l'oubli, la génération présente comme la postérité salueront avec admiration les noms de ceux qui auront couronné de succès leurs grandioses conceptions. Leur gloire sera d'autant plus brillante, leurs titres à la reconnaissance universelle seront d'autant plus inaltérables, que leur tâche aura été plus difficile et plus laborieuse.

La construction du Chemin Canadien du Pacifique est l'une de ces grandes idées, dont l'exécution nous élèvera aux yeux du monde. Elle a sans doute ses détracteurs, mais l'immense majorité du pays en demande la réalisation. Elle a de puissants défenseurs qu'aucun obstacle ne rebutera et qui veulent y attacher leur nom. C'est un fait dont nous devons tous nous féliciter, car les plus optimistes n'ont jamais cru que la nation appuyerait cette entreprise avec autant d'unanimité.

Malgré la force du sentiment public en faveur de l'entreprise, il règne encore beaucoup de doutes sur la praticabilité de la route au point de vue des obstacles physiques qu'offre le vaste pays qu'elle doit traverser. Certains tableaux fantastiques de ces difficultés, que l'on a publiés, n'ont pas peu contribué à dérouter l'opinion publique, et à faire naître ces doutes qu'il importe de faire disparaître.

Nous allons d'abord examiner la topographie du pays sur tout le parcours de la ligne et finalement les climats divers qui y règnent, en nous appuyant sur les documents les plus authentiques et les plus récents.

Nous allons prendre Ottawa pour point de départ, quoique le Lac Nipissing, situé au nord-ouest de la province d'Ontario, soit désigné par l'acte qui décrète la création du chemin de fer du Pacifique, comme le terminus de la route.

Le chemin de fer du Canada Central relie déjà la capitale à Pembrooke, et depuis Ottawa jusqu'à l'embouchure de la rivière Montréal, un parcours de 280 milles, le caractère géographique du pays n'offre aucune difficulté sérieuse. Les ingénieurs ont trouvé également un tracé avantageux depuis le haut de la région de l'Outaouais jusqu'au nord du Lac Supérieur, mais ils ont rencontré de formidables obstacles depuis la petite Rivière Noire jusqu'à l'embouchure de la rivière Nipigon. La distance qui sépare ces deux rivières est d'environ cent milles. Ce pays est accidenté par des montagnes abruptes qui ont fait abandonner toute idée de faire passer le chemin à cet endroit. Mais il est tout probable qu'on pourra trouver plus au nord un sol plus uni et qui offrira moins de difficultés.

Les explorateurs du chemin du Pacifique ne nous ont pas encore donné de renseignements sur le territoire qui environne le grand lac Nipigon, mais nous pouvons heureusement consulter le rapport du Professeur Bell, qui alla en 1869 faire l'étude du caractère géologique de cette contrée.

Le lac Nipigon a une longueur de 75 milles du nord au sud et une largeur de 55 milles de l'est à l'ouest. Le rivage est échancré par de grandes baies et péninsules, et des îles pittoresques et fertiles surgissent en grand nombre au milieu de cette vaste nappe d'eau. Quelques unes ont même une étendue de 15 milles, tandis que d'autres ont une longueur de 2 à 3 milles.

La terre qui borde le lac n'est presque pas arable, car elle est entrecoupée de montagnes qui forment une espèce de ceinture rocheuse. Sur le côté ouest, cependant, il y a une très grande bande de bon sol, qui s'étend depuis l'extrémité sud du Lac de l'Esturgeon Noir dans une direction nord sur une distance d'environ 50 milles. A la tête du Lac Nipigon on trouve une autre étendue de terre fertile qui couvre un espace considérable au nord sur une largeur d'environ vingt milles. Sur la rive est du lac, on remarque en

quelques endroits de bons terrains, entre autres une lisière longue
de plus de 20 milles.

Le Lac Nipigon n'est qu'à trente milles du Lac Supérieur et on a
formé le projet de faire passer le chemin du Pacifique au nord de
cette nappe d'eau pour le diriger ensuite en droite ligne sur Fort
Garry. Mais il est probable qu'on s'efforcera de trouver un tracé
au moyen duquel le chemin ira toucher aux eaux du Lac Supérieur, à Nipigon ou à la Baie du Tonnerre.

On connait bien mieux la région qui s'étend du Lac Supérieur à
la province de Manitoba. On sait qu'un chemin de fer y sera tout
à fait praticable, et les opérations seront grandement facilitées par
les travaux énormes que le gouvernement canadien a déjà fait
exécuter sur cette section. Depuis des années, M. S. J. Dawson,
un habile ingénieur, consacre ses efforts à la construction d'une
route mixte, par terre et par eau, qui relie la Baie du Tonnerre à
Fort Garry. Malgré les récits contradictoires qui ont été publiés
sur les facilités qu'offre cette route, il semble certain qu'avant longtemps elle sera fort fréquentée. Déjà, des caravanes d'émigrants
qui se rendent au nord-ouest passent par cette voie, et les diverses
expéditions militaires que le gouvernement a envoyées à Manitoba
depuis quelques années n'ont pas suivi d'autre chemin.

Du Fort Garry jusqu'au pied des Montagnes Rocheuses s'étendent, sur un parcours de plus de mille milles, de vastes plaines et
le magnifique territoire de la Siskatchewan, qui seul est aussi
grand que l'Angleterre. Le sol ondule en certains endroits dans
cette région, mais il est en général uni et très fertile. Tous les
explorateurs s'accordent à reconnaître que pas un pays au monde
n'offre moins d'obstacles à la construction d'un chemin de fer. Et
M. Frank Moberly, ingénieur du gouvernement, a corroboré ce
fait dans un rapport [1] qui a été publié tout récemment.

Le contraste est frappant lorsqu'on compare ces plaines à la région aride que parcourt le chemin du Pacifique Central américain
avant d'arriver au versant occidental des Montagnes Rocheuses.
M. Rodolphe Lindau qui a voyagé sur cette route, nous dit que
sur une étendue de plus de 300 milles le pays est désert. La pluie
y est excessivement rare et le sol desséché peut à peine nourrir
l'herbe des prairies. Pendant des journées entières on n'aperçoit
ni bois, ni verdure : c'est un spectacle aussi desolant que celui du
Sahara d'Afrique. [2]

1. *Progress report on the Canadian Pacific Railway Exploratory survey.*

2. Du Pacifique à l'Atlantique. *Revue des Deux Mondes.* 1859.

Les Américains, dont le témoignage ne saurait être suspect en pareille matière, ont plus d'une fois reconnu que la région de la Siskatchewan était préférable à toute autre pour la construction d'un chemin du Pacifique.

En 1855, Jefferson Davis, alors secrétaire de la guerre aux Etats-Unis, disait : " La seule route praticable pour une communication par chemin de fer entre l'Atlantique et le Pacifique est par le territoire de la Baie d'Hudson, vu que le désert s'étend depuis la frontière nord des Etats-Unis jusqu'à l'extrémité du Texas."

"Je crois que la route la plus désirable pour aller du Pacifique à l'Atlantique" disait en 1858 le Gouverneur Stevens, du Minnesota à la Législature, "est dans les possessions britanniques, et qu'une grande voie de communication inter-oceanique peut-être construite par la Siskatchewan. "

Les citoyens de St. Paul, Minnesota, réunis en assemblée publique vers 1857, adoptèrent les résolutions suivantes qui sont fort significatives.

Résolu :—Que les citoyens du Minnesota, en commun avec les Etats du Nord Ouest, sont profondément intéressés dans une connexion entre les lacs du Nord et l'Océan Pacifique...... ; que par la coopération avec nos frères Canadiens une route internationale à travers les vallées de la Rivière Rouge du Nord, la Siskatchewan et la Colombie n'est pas *non-seulement praticable, mais constituera en états populeux les* PARTIES LES PLUS PRÉCIEUSES DN CONTINENT AMÉRICAIN.

Resolu :—Que le grand fait physique s'affirme lui-même, savoir que le commerce et la puissance du *globe reposent au Nord du 40° degré et que les quatre-cinquièmes de l'Europe ayant une aire correspondante aux côtes du Pacifique de l'Amérique Nord, sont au Nord du Centre du Minnesota.*

Résolu :—Que la découverte de l'or sur la rivière Fraser et la cessation probable du contrôle de la Compagnie de la Baie d'Hudson sur le District de la Siskatchewan, de l'Orégon Britannique et de Vancouver, *ouvrant ces immenses et fertiles régions à la colonisation, sont des considérations qui demandent une politique toute différente dela part du gouvernement des Etats-Unis.*

Dans un livre intitulé : " Les statistiques du Minnesota " publié par ordre du gouvernement de cet Etat, nous lisons entre autres choses que l'on doit regarder "la route du chemin de fer à travers les vallées du Winnipeg comme une nécessité physique " et que " d'après les limites positives de terres arables du continent par les degrés de température et d'humidité, il a été démontré que le bassin transversal du Lac Winnipeg, s'avançant dans la vallée de la Siskatchewan au bord du Pacifique est le seul débouché pour les communications commerciales entre les côtes Est et Ouest, la seule route possible d'un chemin de fer du Pacifique et le seul endroit qui reste maintenant pour la formation de nouveaux établissements; que le Minnesota est la seule entrée dans ce district à l'Est et au Sud et son seul débouché vers l'Est et le Sud.

"Ce bassin, donc, est pour ainsi dire le coopérateur des vallées du St. Laurent et du Mississipi dans le projet de développement continental. C'est ce qui leur donne de la valeur comme canaux continentaux de communication et à la position du Minesota, où viennent aboutir ces communications, toute sa valeur comme centre de ce commerce continental."

Pendant longtemps on a cru que les Montagnes Rocheuses offriraient des obstacles insurmontables à la construction d'un chemin de fer, mais les explorations qu'on y a faites depuis 1858 ont démontré qu'elles étaient praticables à plus d'un endroit. Avant cette époque beaucoup de voyageurs avaient sans doute traversé les Montagnes Rocheuses. Les indiens avaient ouvert plusieurs sentiers primitifs sur les différentes passes de cette grande chaîne de Montagnes, et la Compagnie de la Baie d'Hudson fit transporter pendant bon nombre d'années ses provisions dans de lourdes charettes qui suivaient les passes Athabasca et de la Cache de la Tête Jaune. Elle fit même des améliorations sur ces passes qui redevinrent aussi difficiles qu'autrefois, lorsque la compagnie qui avait fondé des postes de traite au fort Vancouver et à Victoria, fit transporter ses approvisionnements sur les côtes du Pacifique par des navires venant de l'Angleterre. Cependant, dit M. Trutch, [1] un grand nombre de ces passes mêmes dans l'état primitif sont si faciles à franchir, que des chevaux peuvent y transporter sans peine de lourds fardeaux, et des charrettes pesamment chargées ont bien souvent parcouru le chemin tracé sur la passe Vermilion par la nature seule sans le secours de la main d'œuvre.

Bon nombre de canadiens français ont fréquemment traversé les Montagnes Rocheuses. Gabriel Franchère mit quatre jours en 1814 à y passer et il mentionne un M. Decoigne. qui stationnait au Rocher à Miette, dans le but de faciliter le passage des Montagnes aux employés de la Compagnie du Nord Ouest, qui se rendaient à la rivière Colombie ou en revenaient. Les premiers missionnaires de l'Orégon et de la Colombie et ceux qui devaient en être les premiers évêques, les Blanchet et les Demers, traversèrent les Montagnes Rocheuses pour se rendre sur le théâtre de leurs travaux apostoliques à la fin de septembre 1838.

Le gouvernement impérial fit explorer les Montagnes Rocheuses en 1858 par le Capt. Palliser. MM. Hector, Blakiston, Sullivan, et d'autres savants ont continué plus tard ses recherches. Voici les noms des diverses passes que l'on a jusqu'à présent trouvées.

---

1. *Rapport du Commissaire des Terres et des Travaux (de la Colombie Britannique) sur l'opportunité de construire un chemin carossable devant traverser le territoire britannique entre la Côte du Pacifique et le Canada, etc.*

avec le dégré de latitude et de longitude sous lequel elles sont situées ; nous déterminons en même temps dans ce tableau leur altitude respective au-dessus du niveau de la mer.

	Lat.	Long.	Hauteur.	
	Dégré		(D'après Waddington)	(D'après Trutch)
Passe de la Cache de la Tête Jaune	52 : 54	118 : 33	3760	3760
Passe Athabasca				7000
Passe Howse	51 : 57	117 : 07	6347	4500
Passe Kicking Horse	51 : 16	116 : 32	5420	5210
Passe Vermilion	51 : 06	116 : 15	4947	4903
Passe Kanonoski	50 : 45	115 : 31	5985	5700
Passe Crow's Nest	49 : 38	114 : 48	5985	
Passe Kootonie	49 : 27	114 : 57	5960	6300
Passe de la frontière	49 : 06	114 : 14	6030	6030

Le gouvernement n'a pas fixé son choix sur l'une de ces passes, mais il devra adopter la passe Howse ou celle de la Cache de la Tête Jaune. La passe Athabaska, dit M. Trutch, bien que très favorablement située est tellement élevée, escarpée et accidentée qu'il est impossible de songer à y pratiquer un chemin carossable — encore moins un chemin de fer -- ; les six autres offrent un passage généralement facile et, sous d'autres rapports, on pourrait très bien y établir une ligne de communication, mais elles sont trop éloignées vers le sud pour servir de point de ralliement entre le littoral de la Colombie Britanique et le Canada.

Nous sommes porté à croire pourtant que la passe de la Cache de la Tête Jaune sera préférée à toute autre. Elle est la moins élevée et la plus septentrionale. Elle est formée par une dépression dans les Montagnes, longue de 100 à 120 milles, et, sauf quelques marécages et nombre de ruisseaux qui bondissent dans la vallée, le sol ne présente aucun obstacle sérieux. L'ascension est tellement régulière qu'elle se fait à peine sentir. La descente occidentale se ferait du côté de la rivière Fraser, tandis que par la passe Howse elle se ferait du côté de la rivière Colombie.

M. Trutch ne se prononce pas en faveur de l'une ou l'autre de ces deux passes, mais M. Waddington déclare que la passe de la Cache de la Tête Jaune est la seule avantageuse.

En adoptant cette passe, le chemin du Pacifique, dit M. Waddington, traverserait tout le pays arrosé par la branche nord de la Siskatchewan, qu'on appelle ordinairement la zône fertile, et où se trouvent de vastes dépôts houillers ;

Il passerait au pied de son versant occidental à travers une vaste prairie d'une grande fertilité et arrosée par la rivière du Haut Fraser ;

Il ferait développer d'une manière extraordinaire l'exploitation des mines aurifères de Cariboo, qui sont d'une grande richesse, et auxquelles on a aujourd'hui difficilement accès, en suivant un chemin de 380 milles à travers des terrains montagneux ;

Il ouvrirait à la colonisation les plaines de Chilcoaten, qui renferment des millions d'acres de terres fertiles ;

Il traverserait facilement la grande Chaîne Cascade, dans la Colombie Britannique, car on trouve près de la vallée de Bute Inlet une dépression très avantageuse, la seule qui existe dans ces montagnes qui, sur tout autre point, offrent des obstacles autrement sérieux que les Montagnes Rocheuses elles-mêmes.

Lord Milton et M. W. B. Cheadle, [1] deux lords anglais, épris d'aventures, ont traversé en 1863 les Montagnes Rocheuses à la recherche de ce qu'ils appellent : le passage du Nord Ouest par terre, et ils proclament hautement que la passe de la Cache de la Tête Jaune est supérieure à toutes les autres.

D'abord, disent-ils, elle est la ligne la plus directe du Canada à Cariboo ;

Secondement, elle est la seule route qui offre une communication facile avec tous les districts aurifères de la Colombie Britannique.

Troisièmement, elle se trouve dans un pays habité seulement par des sauvages amis et paisibles ;

Quatrièmement, elle est la plus facile, puisqu'elle ne s'élève qu'à 3,760 pieds au dessus de la mer, et l'inclinaison est graduelle sur chaque versant des Montagnes ;

Et finalement, elle est située à quatre degrés au nord de la frontière américaine.

En 1864, le Dr. Rae fut choisi par la Compagnie de la Baie d'Hudson pour découvrir la meilleure route pour la construction d'une ligne télégraphique à travers le continent, et il adopta la passe de la Cache de la Tête Jaune comme offrant plus d'avantages que toute autre.

Nous pouvons de plus faire remarquer que la passe de la Cache de la Tête Jaune est infiniment moins difficile que celles que le chemin de fer du Pacifique Central traverse dans la Sierra Nevada et les Montagnes Rocheuses. La passe canadienne n'a qu'une altitude de 3,760 pieds au-dessus de la mer, tandis que le chemin américain franchit la Sierra Nevada à une hauteur de 7,042 pieds, et les Montagnes Rocheuses, aux endroits connus sous le nom de Plateau de Laramée et de Collines Noires (*Black Hills*), à des élévations va-

---

1 Ils ont publié un ouvrage qui a fait sensation sous le titre : " *The North West passage by land. Being the narrative of an expedition from the Atlantic to the Pacific undertaken with a view of exploring a route across the continent to British Columbia*, etc.

riant entre 6,145 et 8,424 pieds. L'altitude de la passe canadienne est aussi inférieure, bien qu'à un moindre degré, à celle que doit franchir le chemin du Pacifique Nord Américain.

Les journaux de la Colombie Britannique viennent de nous apprendre que M. Mahood, l'un des explorateurs du chemin du Pacifique, a trouvé une route facile et presque directe depuis cette passe jusqu'à la rivière Fraser, par voie du lac Clearwater. On pourra ainsi éviter la région montagneuse et tourmentée que traverse la rivière Thompson, et l'on aura une route extrêmement favorable à travers les pleines Chilcoaten jusqu'à Bute Inlet.

La question du terminus du chemin sur le Pacifique ne sera réglée que lorsque le choix de la passe à travers les Montagnes-Rocheuses aura été définitivement arrêté. Néanmoins, comme tout fait croire que le chemin sera dirigé sur Bute Inlet, on construira probablement plus tard de puissants bâteaux pour le passage des chars depuis cette place jusqu'à l'ile de Vancouver à laquelle le terminus sera accordé. On évitera ainsi une longue navigation dans les eaux intérieures de la Colombie. Dans ce cas, il semble à peu près certain qu'Esquimalt sera l'endroit choisi pour le terminus. Il n'est qu'à 65 milles de l'entrée du détroit de Fuca, offre un hâvre sûr, très étendu, et il pourrait être facilement défendu en cas de guerre.

S'il arrivait que le terminus dût se trouver sur la terre ferme, Burrard Inlet ou Howe Sound sera probab.ement choisi. Ces deux hâvres, dit l'honorable M. Langevin, dans son magnifique rapport sur la Colombie Britannique, sont voisins l'un de l'autre, et si le chemin n'a pas son terminus sur l'Ile de Vancouver, j'incline à croire que Burrard Inlet devrait avoir la préférence. C'est un hâvre magnifique, le centre du commerce de bois de la Colombie continentale et le port le plus accessible pour la vallée du Fraser.

Les riches houillères que possède l'Ile de Vancouver ne sont pas le moindre des nombreux avantages qu'elle offre comme terminus du chemin du Pacifique. Le charbon abonde sur la côte orientale de l'ile, à Nanaïmo, Departure Bay, Baynes Sound, Isquash et Koskeemo, et il est le seul de bonne qualité que l'on trouve sur les bords du Pacifique.

Ces gisements houillers donnent à Vancouver une supériorité énorme sur San-Francisco comme terminus du Pacifique. Il n'y a pas de charbon près de la métropole de la Californie, et les steamers qui voyagent entre les ports asiatiques et San Francisco, sont obligés de faire venir leurs approvisionnements de houille de Nanaïmo, dans l'ile de Vancouver, une distance de 780 milles.

C'est du reste un fait remarquable et qui ne constitue pas un mince avantage pour notre route transcontinentale, qu'on trouve de vaste terrains houillers non seulement dans la vallée de la Siskatchewan, mais encore aux deux extrémités du chemin : à Halifax et Vancouver.

Nous nous flattons d'avoir prouvé d'une manière satisfaisante la praticabilité de notre chemin du Pacifique. Nous croyons avoir pleinement démontré que les difficultés considérables qu'ils présente à certains endroits sont loin d'être insurmontables; que les Américains ont eu à lutter contre des obstacles beaucoup plus sérieux et à traverser des régions bien moins accessibles pour construire leur route à travers le continent ; et que sur une grande partie de son parcours notre chemin franchira des plaines immenses et unies où l'exécution des travaux sera aussi facile qu'économique. A moins de ne vouloir se rendre à l'évidence, on ne saurait récuser l'autorité des témoignages que nous avons invoqués.

Il nous reste à répondre aux objections que l'on fait valoir contre les climats qui règnent aux degrés de latitude sous lesquels passe le chemin, et que 'l'on prétend extrèmement défavorables au fonctionnement de la ligne.

Comme il arrive toujours en pareil cas, les exagérations n'ont pas fait défaut à ce sujet. On a été jusqu'à affirmer que les convois du Pacifique pourraient difficilement circuler dans ces régions septentrionales et qu'ils seraient bloqués même pendant des semaines et des mois sur certaines parties de la ligne Une fois rendus aux Montagnes Rocheuses, combien de fois ne seraient-ils pas broyés ou emportés par les avalanches de neige qui se détachent de ces pics sourcilleux ou par les impétueux torrents qui bondissent à travers les rochers, et se forment soudainement à la fonte des neiges? Et les voyageurs, à quel terrible sort, à quelles horreurs ne seraient-ils pas exposés, loin de toute civilisation, au milieu du repaire seul des bêtes fauves?

Vraiment, si notre chemin du Pacifique ne devait pas plus respecter la vie des voyageurs, nous ne verrions pas l'entreprise avec autant d'enthousiasme, et nous ne conseillerions à personne de courir le risque de laisser ses os au milieu des célèbres Montagnes Rocheuses. Heureusement qu'un tel danger n'est pas à craindre, et nous allons voir combien il est facile de réduire à l'état microscopique les difficultés exagérées d'une manière aussi contraire aux faits.

Les conditions climatériques de la région qui s'étend entre le haut de l'Outaouais et le nord du Lac Supérieur offriront peut-être quelque obstacle au fonctionnement de la ligne, mais nous n'avons rien à craindre du climat de la province de Manitoba, du territoire de la Siskatchewan et de la Colombie Britannique, qui est tout autre que beaucoup l'imaginent. Le climat est sans doute très froid à la Rivière Rouge, mais la neige y tombe en moins grande quantité que dans la Province de Québec. Dans les prairies de la Siskatchewan, la neige ne s'amasse pas à une hauteur de plus de 14 pouces, et elle diminue à mesure qu'on avance dans l'intérieur. De fait, le chemin de fer intercolonial éprouvera plus de difficultés sous ce rapport, sur certaines sections de la ligne, dans les provinces maritimes par exemple, que notre chemin du Pacifique, lorsqu'il franchira en hiver nos immenses solitudes de l'Ouest.

On trouve à peine deux ou trois pieds de neige dans la passe de la Cache de la Tête Jaune dans les Montagnes Rocheuses. Les climats sont fort divers dans la Colombie Britannique et il en résulte une grande variété dans la quantité et la nature des productions végétales. Si la température est très douce et trés agréable dans beaucoup de parties, elle est à la vérité rigoureuse en d'autres. Le climat varie également dans l'Ile de Vancouver ; la neige tombe rarement à Victoria, capitale de l'île, dont la température, selon M. Waddington, ressemble beaucoup à celle de Nantes ou LaRochelle, en France.

L'extrait suivant d'un document publié par la Compagnie de la Baie d'Hudson, une autorité sur la question, fera disparaitre beaucoup de préventions contre le climat de nos régions de l'ouest, qui est loin d'avoir la rigueur que beaucoup de personnes, bien renseignées d'ordinaire, lui supposent généralement :

" La ligne isotherme d'été, 70 degrés, qui, en Europe, traverse le midi de la France, la Lombardie et la région de la Russie méridionale qui produit le plus de blé, atteint la côte de l'Atlantique, aux Etats-Unis à l'extrémité orientale de Long Island, et, traversant la Pensylvanie méridionale, l'Ohio septentrional et l'Indiana, *diverge vers le nord et remonte dans les possessions britanniques jusqu'au 52° de latitude à au moins 360 milles au nord de ce chemin.*

" Le fait de la douceur de ce climat est surabondamment établi. Nulle part, entre les lacs et le Pacifique, le climat est plus froid que dans le Minnesota, et il est bien connu que cet Etat important ne peut être surpassé au point de vue de la production des céréales ou de la salubrité de l'atmosphère. Dans le Dakota, les saisons ressemblent beaucoup à celles de l'Iowa, et du Dakota, et en allant vers l'ouest, le climat se modifie graduellement à tel point que dans l'Orégon et le territoire de Washington, il n'y a presque pas d'hiver à part la saison des pluies comme en Californie.

" Cette modification remarquable du climat, qu'aucune personne bien renseignée ne songe aujourd'hui à révoquer en doute, est attribuable à différentes causes naturelles dont les plus proéminentes peuvent être énumérées comme suit :

" *Premièrement.*—La contrée montagneuse entre les 44e et 50e parallèles est de 3,000 pieds plus basse que la zone située immédiatement au sud. Le point le plus élevé sur la ligne du chemin du Pacifique nord est à 3,300 pieds plus bas que le sommet correspondant sur la ligne *Union and Central.* Les chaînes des Montagnes Rocheuses et des Cascades, aux endroits où les traverse la route du Pacifique nord, se réduisent à de légères élévations comparées à la hauteur qu'elles ont à quatre cents milles plus au sud. Cette différence dans l'altitude explique presque à elle seule la différence du climat, vu qu'il est constaté que d'ordinaire trois degrés de température équivalent à mille pieds d'élévation.

" *Deuxièmement.*—Les vents chauds de la côte méridionale du Pacifique qui prédominent en hiver et (aidés par le courant chaud de l'océan correspondant au *Gulf Stream* de l'Atlantique) produisent le climat tempéré que l'on observe sur la côte du Pacifique, passent au-dessus des crêtes des montagnes peu élevées au nord de la latitude 44°, et font pénétrer leur bienfaisante influence fort loin dans l'intérieur, tout en donnant au territoire de Washington le climat de la Virginie, et à Montana la douce température de l'Ohio méridional."

Il est bien constaté que, quoique le chemin de fer américain passe plus au sud, l'altitude moindre de nos Montagnes Rocheuses et les vents chauds qui soufflent du Pacifique, rendent notre climat plus tempéré et empêchent la neige de s'y amasser à une moindre hauteur que sur la ligne des Etats-Unis. Ainsi, cette dernière à l'endroit où elle traverse la Sierra Nevada, qui à certains endroits est couverte de 9 à 30 pieds de neige, a dû construire, à grands frais, des hangars ou abris-neige (*snow-sheds*) sur un parcours d'environ quarante milles.

Ces hangars ont pour but de protéger la ligne ferrée contre les masses de neige, qui se détachent en avalanche des montagnes et ils encadrent la voie partout où l'on a eu à craindre de ces amoncellements. Ils consistent en une rangée d'arbres aux troncs gigantesques, qui sont fichés en terre à de courts intervalles, et le toit est formé de grosses poutres ou planches qui sont inclinées. On dirait de véritables tunnels à travers lesquels le jour entre à peine. Ces abris ont coûté la somme ronde de $1,731,000.

Malgré leur solidité, les avalanches tombent parfois avec tant de violence qu'il est arrivé que plusieurs de ces abris ont été écrasés. L'hiver dernier, les ouragans de neige ont sévi avec une fureur extraordinaire entre le Colorado et Wyoming, d'une part, et le Kansas et le Nebraska, de l'autre. La voie a été interceptée pendant des semaines entières et le chemin de fer parti de San Francisco n'a atteint Chicago qu'après un pénible trajet de vingt jours. Ces tempêtes de neige éclatent fréquemment durant l'hiver, et l'entretien de la route sur une section aussi considérable, coûte une somme énorme par année.

Notre chemin n'aura pas à lutter heureusement contre de pareils obstacles, et nous n'avons pas raison de craindre que la neige tombe en assez grande quantité sur son parcours, pour nuire sérieusement à sa circulation. Une étude raisonnée nous démontre pleinement que les objections que l'on a formulées, à ce sujet, sont tout à fait dénuées de fondement.

III

COUT DE LA LIGNE ET SON EXPLOITATION.

Quel sera le coût de notre chemin du Pacifique avec son parcours d'environ 2,500 milles? Voilà une question aussi importante que pleine d'actualité et qui offre la plus grande latitude aux hypothèses et aux calculs. Car, les promoteurs et les adversaires d'une entreprise de ce genre sont naturellement enclins à tomber dans des exagérations contraires, et, en l'absence de beaucoup de données indispensables, on ne saurait prétendre d'arriver à une conclusion d'une exactitude mathématique.

S'il nous manque beaucoup d'informations pour établir nos calculs d'une manière indisputable, cependant nous avons assez de renseignements pour leur donner un caractère fort affirmatif. Ainsi, nous pouvons trouver des jalons précieux pour guider notre appréciation, en comparant le coût probable de notre ligne avec le chemin de fer américain du Pacifique, en tenant compte de la distance relative, des difficultés à vaincre et de la topographie du pays que les deux lignes ont à traverser, comme d'une foule d'autres circonstances, dont nous n'énumérerons que quelques-unes.

La question du coût probable de notre chemin a déjà été traitée par plusieurs hommes fort compétents et nous allons faire notre profit de leurs observations. En 1863, M. Sandford Fleeming publiait une étude sur " l'établissement d'une ligne de communication entre le Canada et la Colombie Anglaise, " et il calculait que la construction et l'équipement de 2,000 milles de chemin coûte-

-raient $100.000,000. Comme la distance à parcourir sera d'au moins 2,500 milles, le coût serait donc en prenant ses calculs pour base, de $125.000,000.

Ce savant ingénieur ajoutait que la construction de 2,000 milles de chemins de fer, en calculant d'après la moyenne des travaux de ce genre qui existent déjà dans le pays, nécessisterait : l'emploi de 10.000 ouvriers pendant cinq ans ; la livraison de 5,000,000 de traverses, et de plus de 200.000 tonneaux de fer à lisses pour la " voie permanente" ; l'érection de 60,000 poteaux de télégraphe supportant 1.000 tonneaux de fil de fer ; l'organisation d'une force motrice équivalente à plus de 50,000 chevaux et divisée entre 400 locomotives ; la construction de 5,000 à 6,000 chars accouplés avec les locomotives et qui, réunis en un seul train, formeraient une longueur de plus de 30 milles. Pour l'exploitation d'une ligne aussi gigantesque, il faudra encore d'après M. Fleeming, chaque année une quantité de combustible représentée par au moins 200,000 cordes de bois ; pour l'entretien de la route un régiment de 2,000 cantonniers disséminés en petites bandes sur toute la ligne ; il faudra, chaque année, en moyenne 600,000 nouvelles traverses, et près de 30,000 tonneaux de fer à lisses ; les réparations annuelles du matériel roulant se monteront au moins à un million de piastres ; on aura constamment à gages 5.000 ouvriers de toutes sortes qui avec leurs familles représenteront 20,000 personnes vivant aux frais de la Compagnie. Les salaires de ces employés se monteront à près de $2,000,000 par année, et les frais d'exploitation et d'entretien dépasseront annuellement $8 000,000. Si à cette dernière somme on ajoute encore l'intérêt du coût de construction, il devient évident que jusqu'à ce que les recettes brutes du chemin de fer ne s'élèvent annuellement à la somme énorme de $14,000,000, la ligne ne produira pas l'intérêt du capital engagé dans l'entreprise.

Ces chiffres qui sont d'une nature fort approximative, suffisent pour donner une idée de l'importance de notre chemin du Pacifique.

D'un autre côté, M. Alfred Waddington, qui a donné une sérieuse attention à cette entreprise, en estime le coût à $130,500,000. Voici les données statistiques sur lesquelles il base son évaluation :

	Milles	Par mille $	$
D'Ottawa à Fort Garry (sol presque plan)..........	1165	à 50,000	58,250,000
De Fort Garry aux Montagnes Rocheuses (plan)	1100	à 40,000	44,000,000
Des Montagnes Rocheuses à Bute Inlet (plan en partie)	620	à 45,000	27,900,000
	2885		$130,150,000

Comme on ne doit pas calculer la distance depuis Ottawa jusqu'au Pacifique, et que le parcours est évalué à environ 2,500 milles, il faut réduire l'estimation du coût, en prenant les calculs de M. Waddington pour base, à un total d'environ $115,000,000.

L'évaluation de M. Waddington est un peu moins élevée que celle de M. Fleeming, si l'on tient compte de la différence des distances sur lesquelles ils se sont basés. Cependant nous sommes porté à croire que M. Waddington a exagéré le coût sur certaines parties de la route.

Ainsi entre le Fort Garry et les Montagnes Rocheuses, une distance d'environ 1100 milles, s'étend une plaine sans limites qui se déroule avec de douces ondulations, et, qui est, de l'avis de tous les explorateurs, remarquablement avantageuse pour la construction d'un chemin de fer.

L'expérience qu'on a de la construction des chemins de fer en ce pays fait croire que la ligne pourrait se faire sur cette vaste section moyennant $30,000, par mille, soit un total de $33,000,000 pour 1100 milles, ou $11,000,000 de moins que l'estimation de M. Waddington. Il n'est pas une section du Grand Tronc qui ait été plus coûteuse que celle qui se trouve entre Richmond et Québec, et elle s'est construite à raison de £7,000 sterling par mille. Dans cette somme sont compris l'achat du terrain pour la voie permanente, qui ne nous coûtera rien, le matériel roulant et la construction des stations. Le fer n'était pas alors aussi cher qu'à présent, mais comme compensation nous pouvons alléguer que le Grand-Tronc a été construit avec la voie large de cinq pieds 6½ pouces, tandis que le Pacifique se fera avec la voie étroite de 4 pieds 8½ pouces, ce qui fait une différence notable dans le coût de construction et du matériel roulant.

L'Intercolonial qui a un parcours de 560 milles, coûtera environ $20,000,000 ou plus de $35,000 par mille. Or, supposons que le Pacifique se construirait au même prix par mille, nous obtenons pour 2500 milles un total d'un peu plus de $89,000,000.

Nous savons bien qu'un chemin de fer ne se construit pas aussi facilement au milieu de régions désertes qu'au sein d'un pays bien peuplé. Ainsi, le transport du matériel, des abris, de l'outillage et des vivres dans nos immenses plaines de l'ouest, coûtera des sommes considérables, car il devra se faire à des distances très éloignées.

Mais il ne faut pas croire non plus que l'Intercolonial ne traverse qu'une région plane et bien habitée. Il s'avance au milieu de la solitude sur un long parcours et il doit lutter en maints endroits contre des obstacles énormes. Montagnes et ravins, torrents et précipices lui offrent de véritables barrières, qui ne sont franchies qu'après un long et patient travail et des frais considérables. Lés entrepreneurs du chemin sont unanimes à dire qu'ils ne s'atten. daient pas à de pareilles difficultés. Somme toute, nous croyons que le Pacifique traverse une région d'une constitution physique aussi facile que celle de l'Intercolonial.

Mais admettons que $35,000 par mille ne suffiraient pas, en en portant le coût à $40,000, — ce qui semble une évaluation raisonnablement élevée — nous obtenons un total de $100,000,000 pour une distance de 2,500 milles. C'est là le calcul qui nous parait le plus se rapprocher de la vérité.

Les 2,000 milles de la ligne américaine formée par l'*Union Pacific* et le *Pacific Central* ont coûté en tout environ $200,000,000. Mais il ne faut pas oublier à ce sujet un détail important. Cette somme a été payée alors que par suite de la guerre de sécession, le prix de la main-d'œuvre et des matériaux était fort élevé, et que les bons américains étaient tellement dépréciés que ce montant ne représente une valeur de guère plus de $150,000,000.

La route américaine avait beaucoup plus de difficultés que la nôtre à surmonter ; nous en avons déjà signalé quelques unes. Ainsi, elle a eu quatre passes de montagnes à franchir à une altitude variant entre 6,000 et 8,000 pieds, lorsque notre chemin n'en a que deux à traverser à une hauteur de 3,760 pieds au-dessus de la mer dans les Montagnes Rocheuses, et de 2,400 pieds dans la chaîne Cascade.

La compagnie américaine du Pacifique à dû percer le roc dans les Montagnes Rocheuses, la Sierra Nevada et la Wabash, à des altitudes très-élevées, et construire des tunnels interminables extrêmement dispendieux. On a dû creuser dans la Sierra Nevada seule quinze de ces longs souterrains. Il a fallu aussi tailler les rochers et combler les ravins pour ouvrir une voie praticable au milieu de ces massifs montagneux. A certains endroits les rampes ont atteint une élévation de 90 pieds par mille. Le percement de ces montagnes offrait tellement de difficultés que ces ouvrages avaient droit à une subvention du gouvernement des Etats-Unis de $48,000 par mille ; les autres travaux moins difficiles encore obtenaient $32,000 par mille, tandisque le reste recevait $16,000. Nous sommes loin d'avoir autant d'obstacles à surmonter.

Pour protéger le chemin contre les avalanches de neige qui se détachent des montagnes, la compagnie américaine a dû construire des abris-neige (*snow-sheds*) sur un parcours d'environ 40 milles, qui ont coûté près de $2 000,000. Nous avons déjà établi que notre chemin, quoique situé plus au nord, n'aurait pas à souffrir de la neige. Voilà encore une économie énorme en faveur de notre route.

Le chemin américain traverse, entre autres régions incultes, un désert de 300 milles, où, dit M. Rodolphe Lindau, [1] les travailleurs ne pouvaient trouver une goutte d'eau, où il fallait creuser des puits artésiens ou pratiquer des rigoles communiquant avec des cours d'eau torrentiels souvent éloignés de plusieurs milles. La ligne du Pacifique du Nord américain que l'on est à construire traverse également une vaste région sablonneuse. Nous avons déjà établi la supériorité de notre route sous ce rapport.

De plus, la compagnie du Pacifique Central a éprouvé de grandes pertes et beaucoup de difficultés de la part des sauvages. Tel était l'acharnement des indiens contre les ouvriers terrassiers, que ceux-ci étaient forcés de travailler avec leurs armes chargées à portée de la main. Les enfants des bois s'opposaient par tous les moyens possibles à l'empiétement de la civilisation sur leurs domaines. Un jour, ils scalpaient quelques travailleurs isolés, une autre fois ils livraient des combats sanglants à des brigades entières de travailleurs, ou ils faisaient dérailler des trains lancés à toute vapeur. Au mois d'octobre 1868, le train fut ainsi jeté hors de la voie trois fois en douze jours.

La Compagnie du Pacifique du nord n'est pas plus favorisée à cet égard. Le gouvernement ayant, dans la subvention en terres qu'il lui a octroyée, donné une réserve qui appartenait aux sauvages, ceux-ci sont devenus furieux et ils s'opposent à main armée au progrès de la ligne. Les Etats-Unis paient bien cher la manière arbitraire et cruelle avec laquelle ils ont traité leurs sauvages.

Comme la politique des gouvernements anglais et canadien, à l'égard de nos indiens, a été tout empreinte de bienveillance et de modération, nous n'avons pas à craindre de procédés de ce genre Les indigènes de l'ouest ont, au contraire, rendu les plus grands services comme éclaireurs aux explorateurs de notre route. C'est ce que constate le rapport préliminaire de l'exploration de la ligne signé par M. Sandford Fleeming: " Les indiens se sont montrés très bienveillants chaque fois que la nature et le but des diverses expéditions leur ont été expliqués. Beaucoup d'entre eux ont rendu de diverses manières des services importants aux explorateurs."

Ces faits incontestables démontrent amplement qu'en comparant les lignes américaine et canadienne, on ne peut manquer d'arriver à la conclusion que notre Pacifique se construira à beaucoup moins de frais.

[1] *De l'Atlantique au Pacifique.*

Après cet examen du coût de la ligne, nous croyons devoir aborder un autre sujet qui se rattache étroitement au succès de l'entreprise. Il est généralement admis que, de la subvention en argent et en terres octroyée par le Canada à la compagnie qui devra construire le Pacifique, dépend le succès de cette œuvre colossale. Et il importe de savoir si elle est suffisante ou non pour en assurer l'exécution.

Le subside alloué par le gouvernement canadien au Pacifique se compose d'une somme en argent de $30,000,000 et d'un octroi de terres de 50,000,000 d'acres. En calculant d'après une distance de 2500 milles, on constate que la subvention en argent par mille est de $12,000 et en terres de 20,000 acres.

La subvention accordée par les Etats-Unis au Pacifique Central était de $50,000,000 en argent ou de près de $30,000 par mille, et d'environ 12,800 acres de terres par mille, ou un total de 16 millions d'acres. La subvention en argent était plus considérable que la nôtre, mais l'octroi de terres lui était fort inférieur. Cependant, nous ne devons pas oublier que le subside d'argent n'était tout simplement qu'un prêt énorme fait à la compagnie, lequel est remboursable et constitue encore la première hypothèque sur le chemin. Tandis que notre subvention est un bonus réel, ce qui facilitera considérablement les opérations de la compagnie, à laquelle l'entreprise sera confiée, sur le marché monétaire. Cette différence dans la nature du subside en argent est tout à l'avantage des entrepreneurs du chemin canadien, qui auront en même temps un octroi de terre dépassant de 34,000,000 d'acres celui qui a été accordé à la route américaine.

Notre subvention en terres a une plus grande importance qu'on ne le croit généralement. Le Pacifique Central a vendu ses terres en moyenne $4.46 l'acre et on ne saurait comparer leur fertilité avec celle de nos riches régions de l'ouest. Leur prix de revient a pourtant payé dans une grande mesure les frais de construction de la route. Nos terres se vendront probablement à ce taux, mais en supposant que leur valeur ne serait que de $2.00 l'acre, la compagnie obtiendrait par leur vente, la somme énorme de $100,000,000, qui seule suffirait pour bâtir le chemin. Et cette évaluation est pour le moins modérée lorsque l'on sait que les terres du Minnesota se vendent aujourd'hui de $10 à $14 l'acre et celles du Nebraska, que traverse le Pacifique Central, de $8 à $30. Beaucoup de personnes bien renseignées affirment même que leur valeur sera de $10 à $15 l'acre au moins, aussitôt que des voies de communication, qui attireront l'émigration étrangère, y seront ouvertes.

Notre double subvention en argent et en terres nous paraît encore plus que suffisante pour bâtir le chemin et séduire les capitalistes, lorsque l'on voit de grands financiers américains comme Jay Cooke, Vanderbilt et autres, construire le Pacifique Nord Américain avec le seul octroi de terres de 50,000,000 d'acres ou de 23,000 acres par mille, y compris ses embranchements. Or, il est admis par la compagnie qui exécute l'entreprise, que les terres qui lui sont octroyées, n'ont pas plus de valeur que celles de la Rivière Rouge, de la Siskatchewan et de la Colombie Britannique.

Ce fait suffit pour faire disparaître tous doutes, et montre que la construction de notre chemin est non seulement possible au moyen des subventions du gouvernement, mais encore qu'elle s'offre aux capitalistes comme une affaire d'or.

Nous savons que beaucoup de personnes en admettant même la praticabilité de l'entreprise, doutent qu'elle puisse s'effectuer sans gêner le trésor public et causer de graves embarras au pays. Nous ne pouvons mieux dissiper leurs appréhensions qu'en jetant un rapide coup d'œil sur la condition du Canada au point de vue commercial et financier, laquelle est encourageante sous tous rapports.

Depuis la Confédération, le commerce du pays a pris un développement extraordinaire, et on en peut juger par le tableau suivant des importations et exportations depuis le 30 juin 1868 jusqu'au 30 juin 1871 :

Importations.	Exportations.	Total.
$71,985,306	$57,567,888	$129,553,194
67,402,170	60,474,781	127,876,951
74,814,339	73,573,490	148,387,829
86,661,145	74,173,613	160,834,758
$300,862,960	$265,789,772	$566,652,732

Le capital versé dans les banques qui, au mois de juin 1868, était $29,729,048, a atteint, le 31 mars 1872, la somme de $43,248,389, soit une augmentation de $13,519,341 ou de près de quarante-six par cent. Les dépôts dans les banques depuis 1860 se sont accrus de plus de 200 par cent; de $31,752,775 en 1868, ils se sont élevés en 1872 à $60,810,008 ; ils ont presque doublé depuis quatre ans. Les rapports des banques d'épargne constatent que les dépots qui étaient de $1,483,219, le 30 juin 1868, se sont élevés à $2,441,293, le 31 mars 1872, soit une augmentation de $958,074 ou plus de 64 par cent. Ces chiffres ne comprennent pas les dépots des banques d'épargne affiliées aux bureaux de poste qui, de $204,588 seulement, au mois de juin 1868, avaient atteint au mois de mars 1872, la belle somme de $2,988,140.

Les caisses d'épargne sont le meilleur indice de la prospérité d'un peuple, car comme elles sont alimentées en grande partie par les classes les moins riches, on peut y trouver une preuve fort concluante du degré d'aisance qui règne dans un pays.

Nous pourrions encore mentionner les sociétés de construction où il n'y a pas moins en dépôt de $7,000,000, et bien d'autres institutions où le peuple verse ses épargnes, mais ces chiffres suffisent pour appuyer notre démonstration.

Nos effets publics n'ont jamais été plus recherchés sur le marché monétaire que depuis quelques années. Avant la Confédération nos débentures à six par cent d'intérêt subissaient une dépréciation de sept à huit par cent, et aujourd'hui nos bons qui portent cinq par cent d'intérêt sont à prime.

Malgré tous les travaux considérables que le pays a exécutés depuis un certain nombre d'années surtout, nous sommes l'un des peuples les moins taxés du monde entier, et il serait facile de prouver que le montant total de notre dette publique se trouve représenté par les grandes améliorations qui ont changé la face de notre pays. Voici, du reste, un état des dettes publiques de diverses contrées, préparé par un publiciste américain, et au moyen duquel nous pouvons voir la position financière que nous occupons à l'égard des autres pays :

Pays	Dette totale	Intérêt annuel	Int. par tête
Grande Bretagne	$3,753,420,000	$135,840,000	$4.28
Etats-Unis	2,453,559,735	130,694 242	3 75
Autriche	1,210,000 000	63,920,000	1.96
Italie	1,094,000,000	82,280,000	3.70
Belgique	135,520.000	7,260,000	1.12
Espagne	793,760 000	19,360,000	1.14
Prusse	285,560,000	9,680,000	0 36
Russie	1,282,600,000	53,240,000	0.70
Pérou	104,000,000	9,680,000	3 16
Brézil	116,160.000	9,680,000	0.98
Canada	72,600,000	3,630.000	0 98
Nouvelles Galles du Sud	29,040,000	1,306,800	3. 6
Nouvelle Zelande	24,200.000	1,210.000	5.98
Queensland	7.260.000	435.600	4 94
Australie	3,872,000	33,800	2 11
Tasmania	2,420 000	145,200	1 48
Victoria	43,560,000	1,790.800	3 06

Ce tableau a été dressé il y a quelques années, et notre dette a atteint depuis la somme d'environ $30,000,000, mais il est suffisamment exact pour démontrer la justesse de nos assertions.

Quoique le gouvernement fédéral ait dépensé en 1870-71 la somme de $3,640,248 en travaux publics, cependant la dette a été réduite de $503,224 durant la même période.   En 1867-68 le revenu fiscal était de $13,687,928, et en 1870-71 il s'est élevé à $19,335.560, soit une augmentation de $5,147,632; et le revenu a dépassé les dépenses de $3,712,429.

Nos finances se trouvent dans un état tellement satisfaisant que le gouvernement a aboli les droits sur le thé et sur le café qui sont importés d'autres pays que des Etats-Unis.   C'est une perte pour le revenu d'environ un million de piastres.

Et en supposant que nos recettes n'augmenteraient pas, ce qu'il n'est pas rationnel de croire, vu la marche progressive du pays, notre excédant de revenu serait encore suffisant pour payer l'intérêt sur l'emprunt de $30,000,000, que nous allons contracter pour donner en subside au chemin du Pacifique.

L'intérêt de $30,000,000 à six par cent serait de $1,800,000 par année.   Mais il y a tout lieu de croire que nous ne paierons pas plus de 4½ ou 5.   Car une somme de $12,000,000 nous est garantie par le gouvernement britannique sur l'emprunt que nous allons faire.   Et notre chancelier de l'échiquier, Sir Francis Hincks, est d'opinion que cette garantie nous épargnera environ $600,000 par an.   Lors de l'emprunt que nous avons contracté pour la construction de l'Intercolonial, nous avons obtenu la partie qui etait garantie par l'Angleterre à 4½ et le reste à cinq par cent.

Une somme de $30,000,000 à cinq par cent d'intérêt représente $1,500,000, et en supposant que le surplus des recettes soit dorénavant d'environ $2,000,000, il y aurait encore un excédant d'un demi million de piastres.

Ce subside de $30,000,000 ne sera pas d'ailleurs dépensé en une année, il sera payé aux entrepreneurs du chemin au prorata du progrès de la ligne.   Comme la route devra être achevée d'ici à dix ans, c'est donc environ $3,000,000 par an qu'il nous faudra donner.   On a adopté le système de l'emprunt pour prélever cette somme, et nous le croyons le meilleur dans les circonstances.   Nous sommes d'avis que les gouvernements doivent assumer le moins possible la responsabilité de grever l'avenir, mais nous ne pouvons sans les plus fâcheux résultats différer cette entreprise, et il ne serait pas juste de faire retomber sur la génération actuelle tous les frais de cette œuvre colossale, qui doit surtout bénéficier aux générations futures.

Fait rassurant pour les contribuables, le parlement canadien a décidé que le Pacifique devrait se construire par des compagnies privées et sans que les impôts actuels ne soient augmentés. Voici à ce sujet la teneur de la résolution qui a été aloptée par la Chambre des Communes au mois d'avril 1871 :

" Que la construction et le fonctionnement du chemin de fer mentionné dans l'adresse à sa Majesté concernant l'Union de la Colombie Britannique avec le Canada, adoptée par cette chambre samedi, le 1er d'avril courant, devraient être confiés à des compagnies privées et non au gouvernement de la Puissance ; et que l'aide public à accorder pour assurer l'exécution de cette entreprise devrait consister en octrois libéraux de terres et en une subvention en argent, ou autre espèce de subvention, mais de manière à ne pas occasionner *aucune taxe additionnelle à celles aujourd'hui existantes,* le tout devant être déterminé plus tard par le Parlement du Canada."

De plus l'acte présenté par Sir George E. Cartier, décrétant l'exécution de l'entreprise, et que la Chambre des Communes a adopté au mois de juin dernier, déclare également que le chemin devra se construire sans qu'il y ait augmentation d'impôts.

Tout fait croire, du reste, que le gouvernement récupérera avant longtemps ce subside de $30,000,000. Car, il s'est réservé des étendues de terre de la même profondeur que celles qu'il accorde au chemin du Pacifique, et qui alternent des deux côtés de la route. Et aussitôt qu'elles seront mises en vente, leur revenu dépassera de beaucoup le montant en argent qu'il aura alloué à la ligne. Ainsi, à tous les points de vue, le pays fait une magnifique affaire, qui avant longtemps doublera la population et décuplera la production et la richesse nationales.

Quand bien même nous ne devrions pas compter sur des profits directs et immédiats, nous ne devrions pas hésiter à subventionner libéralement l'entreprise. Il est prouvé qu'il n'est pas de placements plus productifs pour un pays que ceux qu'il investit dans les chemins de fer. Dans une période d'environ quinze ans nous n'avons pas donné moins au Grand Tronc de $24.000,000, c'est-à-dire presque autant que le subside au chemin du Pacifique. Eh bien ! qui regrette l'encouragement libéral que nous avons donné à cette entreprise ? Si le Grand Tronc a contribué à l'augmentation de la dette, il a en revanche fait plus que quintupler le revenu du pays. Sans cette grande artère de communication, le commerce du pays ne serait guère plus développé qu'il y a vingt ans   Montréal n'aurait que lentement progressé et les Cantons de l'Est seraient encore un désert.

Les 50,000,000 d'acres de terres qui sont octroyés pour la construction du Pacifique sont aujourd'hui incultes, situés en grande partie dans des régions inhabitées et ne donnent aucun revenu au gouvernement. Leur rendement sera nul tant qu'elles resteront dans leur état primitif.   Ce n'est donc pas faire un sacrifice que de les allouer à la compagnie qui se chargera de l'entreprise.

Nous croyons, au contraire, qu'il est dans les intérêts bien entendus du pays d'accorder cet énorme subside en terres. Car, la compagnie du Pacifique s'efforcera naturellement d'attirer une forte immigration étrangère dans ces lointains parages, afin de les coloniser rapidement, de donner aux terres le plus de valeur possible et d'assurer un trafic local considérable à ce chemin de fer. Elle sera le meilleur agent d'immigration que nous puissions trouver.

Nous avons l'exemple des compagnies américaines de chemins de fer pour nous convaincre pleinement à ce sujet. Car, toutes les lignes qui ont obtenu des subventions en terres aux Etats-Unis — environ 200,000,000 d'acres en tout — ont puissamment aidé le gouvernement à développer le pays en favorisant l'immigration européenne. Elles n'ont pas craint d'envoyer des agents, à grands frais, dans le vieux monde, pour proner leur entreprise et exalter outre mesure les richesses naturelles de régions qu'elles devaient sillonner. Et à l'appel entraînant de ces agents, des centaines de milliers d'émigrants n'ont pas hésité à prendre leur feuille de route pour l'ouest, où avant longtemps, il y aura par exemple plus d'Allemands que dans l'Allemagne même.

Les prairies de l'ouest ne se colonisent pas avec la lenteur de nos régions boisées. Il faut au colon du nord bien des efforts et de pénibles travaux avant qu'il puisse ensemencer le terrain qui est couvert d'arbres géants. Le colon de l'ouest au contraire n'est généralement pas obligé de se servir de la cognée du bucheron ; il s'établit d'ordinaire dans un pays ouvert, où il peut mettre de suite la charrue dans le sol pour en tirer les trésors qu'il recèle. Aussi il a l'énorme avantage de recueillir quelques mois après son arrivée la précieuse moisson qui doit sustenter sa famille.

C'est ce qui fait que d'immense régions désertes, il y a quelques années, et où erraient seuls les chasseurs et les buffles mugissants, sont aujourd'hui habitées et prospères. Avant la construction du Pacifique Central, les territoires du Nebraska, de Wyoming, de l'Utah, du Nevada et de la Californie ne comptaient qu'une faible population. En 1860, il n'y avait que 460,112 âmes, et la guerre de sécession fut cause que ce nombre n'était guère plus élevé, lorsque le chemin fut commencé en 1863.

Mais aujourd'hui cette population est de plusieurs millions. Les villes ont surgi par enchantement tout de long de la ligne. San Francisco qui n'avait qu'une population de 60,000 âmes, lors du commencement de l'entreprise, en a aujourd'hui plus de 150,000. De vastes exploitations industrielles, auxquelles elle a donné un débouché, se sont fondées, et le sol a donné généreusement ses trésors. La solitude a été partout envahie par le mouvement du progrès.

Toute cette région de l'ouest a pris un essor dont nul ne peut prévoir les destinées. Telle a été la rapidité extraordinaire de son développement au moyen des chemins de fer, qu'avant longtemps elle commandera une influence souveraine aux Etats-Unis. La prépondérance politique, qui a été pendant tant d'années une pomme de discorde entre le nord et le sud, va lui appartenir en entier. Il n'y a qu'une voix pour le reconnaître.

L'Ouest, c'est l'avenir !

Dès 1818, Jefferson, l'un des fondateurs de la république américaine, écrivait à John Adams, à propos des états de l'ouest, alors en plein enfantement, ces paroles prophétiques : " Le temps n'est pas éloigné, quoique ni vous, ni moi, ne devions le voir, où nous n'aurons plus par rapport à eux qu'un rang secondaire." Micnel Chevalier, un publiciste français, disait en 1835 : " Avant peu l'Ouest aura la majorité au Congrès et gouvernera le nouveau monde."

Il en sera de mème de notre *far west*. Il ne faut pas être doué d'une grande prescience pour le prédire. Le jour n'est pas éloigné, où de véritables états seront taillés dans nos immenses plaines de l'ouest, où des millions d'habitants y vivront heureux et prospères, à l'ombre des institutions représentatives, où un réseau de chemins de fer reliera toute cette vaste contrée, où des vapeurs sillonneront les eaux profondes de ses fleuves et de ses lacs, où des villes populeuses surgiront sur les bords de ces grandes nappes d'eau, et seront comme Chicago et Milwaukee les entrepôts d'un énorme commerce de céréales.

Quel est le canadien, vraiment ami de son pays, qui n'appellerait pas ce jour de tous ses vœux ? Car, si aucune évolution politique ne vient déranger la marche de ses destinées, la confédération canadienne aura atteint alors un état de grandeur et de prospérité extraordinaire. Baignée par les deux océans, dotée de ressources naturelles inépuisables, habitée par des populations morales et vigoureusement trempées comme tous les peuples du nord, comptant plus de territoires que les Etats-Unis[1] eux-mèmes, elle

1. Voici un état de l'étendue des plus grands pays du monde, qui prouve que nous sommes la deuxième nation la plus importante par le territoire :

Russie	7,112,872	milles carrés
Canada	3,347,045	" "
Brézil	3,108,104	" "
Etats-Unis	2,999,848	" "
Colonies Australiennes	2,582,070	" "
Turquie	1,817,048	" "

serait en état de repousser toute aggression étrangère et d'aspirer au rôle de l'une des premières nations du monde.

Beaucoup de personnes doutent que l'achèvement du chemin puisse se faire d'ici à dix ans, conformément aux engagements qui ont été conclus avec la Colombie Britannique. Il peut y avoir la plus grande liberté d'opinion sur ce point, car le gouvernement n'est pas tenu rigoureusement de remplir cet engagement à la lettre. Il devra faire tout en son pouvoir pour faire exécuter l'entreprise durant cette période de temps, mais nous avons la déclaration de M. Trutch, gouverneur de la Colombie Britannique, que cette province aurait été également satisfaite si elle eut été fixée à douze ou quinze ans. Elle saura tenir compte des circonstances inévitables qui peuvent surgir pendant la prochaine décade. Cette limitation a été demandée comme une garantie de la bonne foi du gouvernement canadien dans ses engagements envers la Colombie.

Cependant, il est loin d'être impossible que le chemin s'exécute durant cette période. Le pays et les entrepreneurs du chemin sont intéressés à ce que les travaux s'exécutent rapidement. Les américains prétendent en manière de proverbe que pour faire bien, il faut faire vite. Et ils ont raison dans beaucoup de cas.

Ils ont construit le Pacifique Central en 6 ans, pourquoi ne pourrions-nous pas en faire autant en 10 ? La ligne a été terminée sept ans avant l'expiration du contrat, qui a lieu le 1 juillet 1876 seulement. En 1863 on a exécuté 20 milles, 20 milles en 1864, 60 en 1865, 295 en 1866, 291 en 1867 et 1092 depuis le mois de janvier 1868 jusqu'au commencement de mai 1869, c'est-à dire dans seize mois. Une telle rapidité est inouïe dans l'histoire des chemins de fer.

Ce chemin a été l'œuvre de deux compagnies : l'*Union Pacific* et le *Central Pacific*, qui ont commencé simultanément le chemin à ses deux extrémités. • Les points de départ seuls étaient fixés et la compagnie la plus active devait être la mieux rétribuée par le

Chine	1,297.999	milles carrés
Mexique..	1,030,442	" "
Indes Anglaises..............................	933,722	" "
Confédération Argentine.................	842,789	" "

Notre étendue territoriale se décompose comme suit :

Ontario	121,260	milles carrés
Québec	210,020	" "
Nouvelle Ecosse.............................	18,660	" "
Nouveau-Brunswick........................	27,105	" "
Manitoba...	13,000	" "
Territoires du Nord Ouest...............	2,737,000	" "
Colombie Britannique......................	220,000	" "

—————————

3,347,045

gouvernement. Cela eut l'effet de piquer leur émulation et de donner une impulsion énorme aux travaux. Les deux compagnies n'employèrent jamais moins chacune de vingt mille hommes. Durant les derniers jours des travaux on fit de part et d'autre de véritables tours de force. Chaque compagnie posa jusqu'à deux milles de rails par jour, puis trois, quatre et cinq. Le dernier jour on posa 10 milles en onze heures de temps. Les premiers jour 24 pieds de rails furent posés en 80 secondes, les seconds 240 pieds en 75. On ne va guère plus vite à pied lorsqu'on se promène sans se presser, dit un écrivain.

Il nous reste à répondre à une objection relative à l'exploitation du Pacifique. On a dit que cette entreprise colossale ne causera que des embarras financiers et ne paiera jamais l'intérêt sur le coût de construction de la route. Cette prétention est pour le moins hasardeuse en face des résultats étonnants produits par la ligne américaine. Les adversaires du Pacifique Central alléguaient la même chose et annonçaient, à grands sons de trompe, qu'il engloutirait un capital énorme sans bénéficier à ses actionnaires. Mais l'avenir s'est chargé de les démentir.

En 1870, la première année du fonctionnement de cette ligne, les recettes ont été de quatorze millions, et le revenu net a excédé les dépenses de $6,000,000. En d'autres termes, il a payé la première année 6 par cent sur le coût de construction, et on calcule qu'en 1871 les recettes brutes ont dû atteindre le chiffre énorme de $19,000,000, et que l'excédant net sur les dépenses a été d'environ $9,000,000.

Les actions de la compagnie sont déjà à une prime de trois par cent, et le succès à été complet au point de vue financier. Le chemin a non seulement fait la fortune des entrepreneurs qui ont réalisé des millions, mais il rénumère largement la nombreuse classe de ses actionnaires. C'est cet incomparable succès qui a déterminé les capitalistes américains à commencer de suite la construction d'une autre route du Pacifique au nord.

La ligne canadienne peut compter sur de nombreuses sources de revenu ; nous allons en énumérer quelques unes :

1o Le commerce asiatique dont nous aurons inévitablement notre bonne part.

2o Le transport des malles anglaises venant de l'Inde, de la Chine et du Japon, qui devront passer par la ligne la plus courte entre l'Europe et l'Asie. L'Angleterre paie pour ce service plus d'un demi million de louis sterling.

3o Les céréales de l'ouest qui seules encombreront les trains de fret et donneront un revenu énorme. Telle est l'importance de ce trafic que les lignes américaines de l'ouest des Etats-Unis ne peuvent pas transporter plus de la moitié de ces produits.

4o Le transport des malles de la Colombie Britannique, de Manitoba, etc. Il se fait aujourd'hui par voie des chemins de fer américains aux frais du gouvernement canadien.

5o Les bois magnifiques et incomparables de la Colombie Britannique.

6o Le poisson, l'or, le fer, la houille de la Colombie Britannique, le charbon de la Siskatchewan, l'argent et le cuivre du Lac Supérieur et du Lac Shebandowan.

7o Les animaux dont le transport encombre aujourd'hui les lignes américaines, car il n'est pas un pays au monde plus favorable que les prairies de l'ouest pour l'élève des bestiaux.

8o Le fret de la Compagnie de la Baie d'Hudson, qui est immense, car le commerce de cette puissante association s'étend du Labrador au Pacifique. Il est vrai que le monopole commercial et politique de la Compagnie a cessé, mais la liberté du commerce, au lieu de nuire à ses opérations, lui donnera au contraire plus d'extension, ainsi que cela a eu lieu dans la Colombie Britannque et Vancouver.

9o Les milliers d'hommes d'affaires, d'immigrants et de touristes qui se rendront dans l'ouest.

Et quelle ne sera pas l'importance du trafic local lorsque toutes ces régions, aujourd'hui en grande partie solitaires, seront habitées par de nombreuses populations et seront parsemées de villes florissantes et étendues ?

Tous ces faits doivent nous faire conclure que la construction du Pacifique n'est pas l'une de ces entreprises folles qui ruinent un pays et le conduisent à la banqueroute. Ils prouvent au contraire que cette entreprise est le fruit d'un grande et patriotique idée, portant dans ses flancs d'immenses résultats pour l'avenir d'un peuple jeune et vigoureux, que n'effraie pas la grandeur de la tâche qui lui incombe.

Audaces fortuna juvat. C'est vrai pour les peuples comme pour les individus.

IV

LE CHEMIN DU PACIFIQUE ET LE COMMERCE ASIATIQUE.

Depuis des siècles les nations européennes se disputent le commerce de l'Asie. Elles se sont livrées à des batailles sanglantes et périodiques pour en obtenir le monopole. L'enjeu en valait la peine, car il s'agissait du trafic d'un immense pays, dont les productions infinies étaient indispensables aux peuples de l'Occident.

De tout temps, ce commerce a été une source de richesse pour les peuples qui l'ont tour-à-tour possédé, et c'est un fait remarquable à noter, que leur décadence commerciale date du jour où ce trafic est passé aux mains de nations rivales. L'histoire nous dit que la Phénicie, la Grèce, Carthage, Rome, Venise, Pise et Gênes ont joui d'une splendeur incomparable, mais que leur brillante prospérité a disparu du moment que leurs ports n'ont plus été encombrés par les richesses de l'Orient.

Le Portugal et la Hollande ont réussi successivement à obtenir la suprématie du commerce oriental, que la Grande Bretagne a fini par leur enlever. Celle-ci règne aujourd'hui sur des millions de sujets asiatiques et est la maîtresse des Indes Orientales, le plus beau joyau de la couronne britannique. La possession de ce pays est de la plus haute importance pour l'Angleterre qui, en 1860 seulement, en a tiré un revenu de £7,081,107. Et pour donner une idée des énormes avantages du commerce oriental pour l'Angleterre, il suffira de dire que son commerce d'importation et d'exportation avec l'Asie pour les quatre années finissant en 1864, s'est élevé à £378,587,122 sterling.

Après l'Angleterre, ce sont la Hollande, la France, l'Espagne et les peuples hanséatiques qui, parmi les nations de l'Europe, effectuent le plus de transactions avec le monde indo-chinois.

On comprend que les peuples européens se soient disputés avec acharnement ce vaste commerce, lorsqu'on sait que la Chine seule est habitée par environ 50,000,000 âmes. Longtemps ce pays s'est opposé à tout rapport avec le monde civilisé par la construction de ces fameuses murailles, qui devaient former une barrière infranchissable pour les peu ples étrangers. Telle est sa richesse et la variété de ses productions que ses ressources suffisaient à tous ses besoins. Mais un meilleur esprit a prévalu ensuite parmi les habitants du Céleste Empire, et ils ont noué, depuis un certain nombre d'années, des relations commerciales avec l'Europe et l'Amérique, qui prennent de l'extension d'année en année.

Le sol de la Chine est d'une fertilité extraordinaire et produit toutes les plantes tropicales, le thé, le riz, le bambou, le coton, la canne à sucre, le poivre, le tabac, le bétel ; on y cultive aussi le palmier, le mûrier, le cocotier, le cèdre, l'érable, le cannelier, etc. Ce pays n'exporte pas moins de $40,000,000 de thé seulement par année. L'agriculture et l'industrie y sont très développées. Les Chinois fabriquent avec beaucoup d'art la porcelaine, les vernis, les papiers de soie et de tenture, l'encre de Chine, les soieries, les nankins et autres tissus.

Le Japon est moins étendu que la Chine et compte une population d'environ 30,000,000 d'âmes. Son sol est moins fertile que celui de la Chine, mais les Japonais ont tellement d'industrie qu'ils lui font produire presque toutes les richesses de cette contrée. Leurs fabrications de belles étoffes, surtout de soie, de fer et de cuivre, ainsi que leurs ouvrages en bois, leurs vernis et leurs porcelaines sont renommés. Comme en Chine, on trouve au Japon beaucoup de mines d'or, d'argent, de fer et surtout du cuivre en abondance.

Le commerce oriental a toujours été d'une importance telle aux yeux des nations européennes que, depuis le 16ème siècle, elles déploient les plus grands efforts pour se mettre en rapports plus étroits avec l'Asie et abréger la distance qui l'en sépare. Pendant longtemps les communications entre l'Orient et l'Occident étaient extrêmement lentes et difficilles. Le trajet se faisait par des vaisseaux qui étaient obligés d'aller doubler le Cap Horn ou le Cap de Bonne-Espérance, et n'arrivaient à destination qu'après plusieurs mois d'une pénible circumnavigation.

Cet immense parcours offrait mille inconvénients et, dès les premiers temps de la colonie française du Canada, on voit nos fameux explorateurs, entre autres le célèbre La Salle, à la recherche d'un passage dans l'Ouest pour se rendre en Chine. Christophe Colomb n'avait pas d'ailleurs d'autre objet en découvrant l'Amérique que de trouver le *passage le plus court vers les richesses de l'Orient.* Les Varenne de Laverendrye, des canadiens français, qui ont découvert les Montagnes Rocheuses, se sont rendus même tout près de l'Océan Pacifique, toujours à la poursuite de la même idée.

L'Angleterre a dépensé des millions de piastres pour trouver un passage au nord-ouest de l'Amérique pour ses vaisseaux qui se rendent en Asie. Elle avait en vue la découverte de ce passage lorsqu'elle accorda une charte à la Compagnie de la Baie d'Hudson. Aussi en 1769 et en 1776, cette association envoya à grands frais diverses expéditions au pôle nord. De 1840 à 1845 les expéditions arctiques organisées par l'Angleterre ne lui ont pas coûté moins de £1,000,000 sterling. Et parmi les victimes de ce chimérique projet, qui se sont englouties avec leurs navires dans les montagnes de glaces du nord, nul n'est plus célèbre que John Frauklin, que ses explorations ont immortalisé.

Mais c'est depuis quelques années surtout que les grandes nations du monde se livrent à des efforts inouïs pour obtenir la suprématie du commerce asiatique, en établissant la route la plus courte pour communiquer avec l'Orient. De redoutables rivales sont entrées en lice, et l'Angleterre doit être sur l'éveil et agir conformément à ses meilleurs intérêts, si elle ne veut pas qu'elles lui enlèvent la palme et le titre de reine des mers.

Il est vrai que l'Angleterre s'occupe de se rapprocher de l'extrême orient en établissant un passage à travers le continent asiatique au moyen d'un chemin de fer qui passera par l'Inde et la Perse. Mais la Russie, son ennemie naturelle, s'apprête également à enlacer les régions asiatiques, du côté de la Chine Septentrionale et de la Perse, et à lancer des chemins de fer vers Pékin, vers Téhéran et vers l'Inde.

M. de Lesseps a déjà percé l'isthme de Suez dans le but de rapprocher l'Europe de l'Asie, et des milliers de vaisseaux chargés de produits de l'orient, sur la plupart desquels flotte le drapeau anglais, passent annuellement dans le canal qu'il a construit.

Les Etats-Unis ont dans leur chemin du Pacifique Central une voie de communication extrèmement rapide avec l'Asie, qui a déjà détourné une bonne partie du trafic qui alimentait d'autres routes. Ce chemin est un rival sérieux pour le canal de Suez, et les richesses de l'Orient lui arrivent au moyen de la magnifique flotte de steamers qui font le service entre les Indes, la Chine, le Japon et San Francisco.

Avant la construction de ce chemin, New York, Portland et Boston étaient les trois grandes villes de l'Atlantique, où les autres parties des Etats-Unis venaient s'approvisionner de thé, de café et de sucre : trois des principales productions tropicales. Mais telle a été la révolution opérée par ce chemin dans le courant du commerce que San Francisco, le terminus du Pacifique Central, est en train de leur enlever ce monopole. Les chiffres suivants sur l'importation du thé et du café dans la métropole de la Californie, pendant les années 1870 et 1871, nous montrent toute l'étendue qu'a déjà prise ce commerce :

THÉ

	Lbs.	Valeur.
Thé importé à San Francisco en 1870	49,360,218	$15,053,931
En 1871	61,263,440	21,767,323
Augmentation	11,903,222	$6,713,292

Prix moyen, 32¼ c. par lb.

CAFÉ

	Lbs.	Valeur.
Importé à San Francisco en 1870	275,85 ,564	$27,675,958
En 1871	322,003,494	33,725,265
Augmentation	46,157,930	$6,049,307

Prix moyen par lb. 11¼ c.

En 1871, l'importation totale du thé et du café s'est donc montée à près de $56,000,000, et les négociants de San Francisco, calculent que, vu l'abolition des droits sur ces produits, la quantité importée sera triple ou quatruple du 1er juillet 1872 au 1er juillet 1873. La plus grande partie du thé et du café qui arrivent par cette voie, s'écoule à Chicago, Cincinnati, St Louis, etc., mais une part considérable est destinée aux Etats du centre, de l'est et au Canada.

La Grande Bretagne est le pays d'où nous importons le plus de thé et les Etats-Unis viennent en second lieu. Mais nous achetons plus de café des Etats-Unis que de l'Angleterre. En 1870, les quatre provinces d'Ontario, de Québec, de la Nouvelle-Ecosse et du Nouveau-Brunswick ont importé du thé et du café pour une valeur de près de $3,700,000.

Avec le génie commercial qui les caractérise, les américains ont compris qu'un chemin situé plus au nord aurait encore plus de chance de servir de voie de transport au commerce asiatique, et ils travaillent énergiquement à construire une route dont le terminus sur le Pacifique est à Puget Sound. Ce chemin s'arrête à Duluth sur le Lac Supérieur et il traverse l'état du Minnesota, les territoires du Dacotah, de Montano, Idaho, Washington et Orégon. Si l'on en croit le prospectus de ses promoteurs, il abrégerait la distance par eau et par chemin de fer entre New-York et Liverpool ou les ports asiatiques d'environ 1400 milles. Mais ce chiffre est certainement exagéré.

Les capitalistes à la tête de l'entreprise ont l'intention de desservir tout le trafic de nos territoires de l'ouest, au moyen d'une ligne d'embranchement qui reliera le Fort Garry avant un an, et ils prétendent rendre inutile la construction de notre Chemin du Pacifique. Mais les arguments qu'ils font valoir à cet égard n'ont pas la moindre valeur.

La ligne principale de leur chemin ne se rapproche jamais plus de 150 milles de la route canadienne, et elle en sera en moyenne éloignée de 400 milles. Elle ne peut donc contribuer en rien au développement de nos régions qui se trouvent plus dans l'intérieur que la province de Manitoba. Prétendre le contraire, ce serait vouloir affirmer par exemple que les provinces d'Ontario et de Québec n'ont pas besoin de chemins de fer et que le réseau de voies ferrées de l'état voisin de New-York ou du Vermont doit suffire au progrès du pays.

La construction d'un second Chemin du Pacifique au sud de notre route, au lieu de nous détourner de l'exécution de notre grand projet national, doit au contraire nous engager à le mener à bonne fin le plus tôt possible. Car, notre chemin est à la fois une nécessité politique et commerciale. Et si les deux routes américaines fondent tant d'espoirs sur le commerce asiatique, comment n'aurions-pas de fortes espérances d'en obtenir une large part, lorsque nous savons que notre chemin lui offre d'emblée la voie la plus prompte et la plus économique ?

Pour établir la supériorité de la ligne canadienne à ce point de vue important, il suffit de comparer son trajet à travers le continent avec celui des deux lignes américaines. Nous ne sommes pas encore en mesure de donner des chiffres d'une précision rigoureuse sur la longueur du parcours de notre Pacifique, mais ils sont d'une exactitude suffisamment approximative pour l'objet que nous avons en vue.

	Milles
De San Francisco à New-York par les chemins de fer Union Pacific, Michigan Central et New-York Central	3,363
De New-Westminster (Colombie Brit) à Montréal par le Pacifique Canadien et la ligne à Montréal viâ Ottawa	2,730
Différence en faveur de la route canadienne	633
De San Francisco à New-York par l'Union Pacific, le Michigan et le New-York Central	3,363
De New-Westminster à New-York par le Pacifique Canadien, le St Laurent et Ottawa, Ogdensburgh et Rome, et le New-York Central	3,058
Différence en faveur de la route canadienne	305
De San Francisco à Montréal par l'Union Pacific, le Michigan Central et le Grand Tronc	3,251
De New-Westminster à Montréal par le Pacifique Canadien, Montreal et Ottawa	2,730
Différence en faveur de la route canadienne	521
De San Francisco à Boston par l'Union Pacific, le Michigan Central, le New-York Central à Troy, de Troy à Boston	3,422
De New-Westminster à Boston par le Pacifique Canadien, d'Ottawa à Montréal, de Montréal à Boston	3,087
Différence en faveur de la route canadienne	335
De San Francisco à Portland par l'Union Pacific, le Michigan Central et le Grand Tronc	3,548
De Westminster à Portland par le Pacifique Canadien, Ottawa et Montreal et le Grand-Tronc	3,027
Différence en faveur de la route canadienne	521

Voici d'autres statistiques compilées avec beaucoup de soin et que nous extrayons de la brochure de M. Waddington : *Overland route through British North America*, et au moyen desquels nous arrivons aux mêmes conclusions :

	Milles
De New-York par Chicago à Omaha	1531
De Omaha à San Francisco	1830
	3361

De Montréal à Ottawa.. 115
D'Ottawa à Bute Inlet (Colombie)... 2885
                                               3000
Différence en faveur de Montréal.. 361

Etablissons maintenant une comparaison avec le Pacifique Nord des Etats-Unis.

                                                  Milles
De New-York à San Francisco par le Chemin Central....................... 3361
De New-York à Puget Sound par le Chemin du Pacifique Nord Américain 3124
         Différence en faveur du Pacifique Nord Américain.............. 237

De Montréal au Pacifique par la route canadienne........................... 3000
De New-York au Pacifique par le Chemin du Pacifique du Nord Américain 3124
         Différence en faveur de la route canadienne..................... 124

En outre de la réduction des distances à travers le continent par notre route, qui est d'au moins 400, l'Ile Vancouver se trouve à environ 800 milles plus près du Japon et de la Chine que San Francisco, le terminus du Pacifique Central.

Les vents alisés qui soufflent sur l'Océan Pacifique suivent une direction telle qu'un vaisseau, parti d'un port asiatique à destination de San Francisco, doit suivre absolument la même voie que s'il se rendait à l'Ile de Vancouver. Or, la distance entre l'Ile et San Francisco est de 810 milles. Ainsi, un voilier qui met 55 jours à se rendre de Hong Kong à San Francisco, atteint l'Ile de Vancouver, après un trajet de 40 jours. L'avantage que la Colombie Britannique a sur San Francisco est de 15 jours par voilier et de 5 ou 6 jours par steamer.

Cette différence totale d'au moins 1200 milles, a une importance énorme pour le commerce qui alimente avant tout les voies les plus rapides, et assure la prédominance à la ligne canadienne. Et l'économie de temps et par suite d'argent que le monde commercial en recueillera, la baisse qui pourra en résulter dans le prix des denrées, des soies et autres matières premières de l'Inde et de la Chine, nous autorisent à croire qu'elle aura une part considérable des échanges qui se font avec l'Asie.

Dans ce cas, nous verrions s'écouler sur notre chemin une bonne partie de l'immense courant d'argent, qui va de l'Europe et de l'Amérique à l'Asie et de l'Asie à l'Amérique et l'Europe, comme contre-valeur des échanges entre les peuples de ces continents.

Notre chemin du Pacifique constitue également une voie de communication plus rapide entre l'Europe et l'Asie que le Canal de Suez. La *Minerve* a, dans une série d'articles sur notre grande route inter-continentale, établi cet accourcissement de trajet d'une manière fort concluante. On en jugera par l'extrait suivant :

Voici d'abord le tableau des distances :

	A Londres par Suez.	A Vancouver.	Différence.
Melbourne	11,281	6,780	4,501
Yokohama	11,504	4,095	7,409
Shanghaï	10,469	5,100	5,369
Hong-Kong	9,669	5,670	3,999
Manille	9,639	5,400	4,239

 Tout le monde connait la distance de Vancouver à Montréal et de Montréal à Londres.

De Vancouver à Jasper-House	430 milles.
Jasper-House à Fort Garry	1,050 "
Fort Garry à Ottawa	1,150 "
Ottawa à Montréal	125 "
Montréal à Londres	2,800 "
	5,555 milles.

L'on arrive donc au tableau suivant :

	A Londres par Suez.	A Londres par Canada.
Melbourne	11,281	12,335
Yokohama	11,504	9,650
Shanghaï	10,469	10,655
Hong-Kong	9,669	11,225
Manille	9,639	10,955

Nous prendrons, d'abord, les engins de locomotion encore les plus recherchés pour la généralité du commerce, les navires à voile.

Un navire à voile met le temps suivant par le Canal Suez :

Du Détroit de la Sonde au Détroit de Babel-Mandeb	30 jours.
De Babel-Mandeb à Suez	30 "
Passage du Canal	5 "
De Peluse en Manche	45 "
	110 jours.

Nous supposons, néanmoins, toutes choses favorables au trajet, car les navires allant actuellement dans la Mer Noire, et la Méditerranée, sont retenus généralement de 10 à 15 jours à Gibraltar. Il leur faudra un remorqueur au Bas-Mohammed et dans tout le canal, ainsi qu'à Peluse, soit qu'ils entrent ou sortent du canal. Nous pourrions, sans crainte d'erreur ou d'exagération, fixer le trajet à 115 jours.

Maintenant, voici les délais par le Canada pour le même navire qui partirait de la Manche :

De la Manche à Montréal	24 jours.
Montréal au Pacifique	5 "
Transbordements	4 "
Du Détroit de Fuca à la Sonde	64 "
	97 jours.
Gain par l'Amérique	18 jours.

Mais la Sonde n'est pas le terme du voyage. Le navire devra venir de Canton, Hong Kong, de la Mer Jaune, du Japon, de Java, Sumatra, Manille etc, tous lieux à l'est de la Sonde. La moyenne de l'augmentation sera de près de 1,000 milles pour le Canal Suez et une diminution d'autant pour la ligne Canadienne, la distance entre la Sonde et le Japon étant de plus de 2,500 milles, et l'espace entre le Détroit de Fuca et le Japon n'étant plus que de 5,500 milles au lieu de 7,600 milles, que nous avons adopté comme base de notre premier calcul.

Ce sera donc une moyenne de huit jours ajoutée aux navires venant de Suez et une moyenne égale de huit jours retranchée aux navires allant au Détroit de Fuca.

La proportion serait donc celle-ci

Par le Canal Suez......   123 jours.
Par le Canada.......   89 "

Différence......   34 "

Voici pour les paquebots les calculs les plus approximativement justes.

Par Suez :

Hong-Kong à la Manche......   43 jours.

Par le Canada :

De la Manche à Montréal......   9 jours.
Montréal à Vancouver......   5 "
Transbordements......   3 "
Vancouver à Hong-Kong......   24 "

   41 jours.
De Paris à Yokohama (Japon) par Suez......   44 jours.
De Paris   "   "   "
Canada......   36 jours.

Si nous nous en rapportons à une étude faite par une commission que le gouvernement hollandais institua au commencement des travaux du Canal Suez, il fut constaté que la route de Suez, quoique plus courte que celle du Cap de Bonne Espérance, exigerait pour un double voyage du même paquebot par les deux lignes, une dépense de 14,571 francs de plus de charbon, grâce à l'action des vents et des courants. L'assurance sur le navire et la cargaison étant évaluée à $1,500,000 sera de deux par 100 plus élevée et demandera un surcroit de $30,000. Les droits du canal seront pour 3,000 tonneaux de $6,666, ce qui donnera un total de $39,581 de surplus de dépenses contre le Canal Suez, lequel surplus sera plus que suffisant pour couvrir les frais de transbordement et l'excédent de tarif par mille de chemins de fer, qui ne sera, au plus, que $15,000.

Par le Canal Suez, les marchandises voyagent pendant une quinzaine de jours sous l'équateur ou dans les environs. Par la route du Canada, les marchandises voyagent constamment, à part deux ou trois jours, du 35 au 50 de latitude. Ce qui fait une différence énorme pour le commerce. Ainsi les épices, les soieries et le thé souffrent d'un séjour trop prolongé sur la mer, aussi bien qu'une quantité d'autres produits délicats. La route à travers les climats du nord deviendra indispensable.

En sorte que le chemin du Pacifique n'offrira pas seulement la route la plus courte, la plus prompte et la moins dispendieuse ; mais encore la plus favorable aux produits.

Dans leur ouvrage; *The North West passage by land*, M. M. Milton et Cheadle disent que, si un chemin de fer était construit d'Halifax jusqu'à quelque endroit dans la Colombie Britannique, le voyage entier de Southampton à Hongkong ne prendrait que 36 jours, c'est-à-dire quinze à vingt journées de moins qu'il n'en faut en passant par Suez.

Les avantages exceptionnels que présente notre route pour le commerce de l'Asie sont, du reste, depuis longtemps reconnus, et nous pourrions entasser citations sur citations pour le prouver. Nous n'ajouterons que quelques uns de ces précieux témoignages à ceux que nous avons déjà signalés.

Plusieurs hommes d'état anglais ont plusieurs fois élevé la voix en faveur de notre entreprise, entre autres Disraëli, le comte de Carnarvon et Lord Bury. Ce dernier qui avait une connaissance approfondie des affaires canadiennes et de la nature de notre pays, disait dans la Chambre des Communes :

" Notre commerce dans l'Océan Pacifique avec la Chine et les Indes doit définitivement passer par nos Provinces de l'Amérique du Nord. Dans tous les cas nous aurons perdu notre suprématie commerciale le jour où nous aurons négligé cette importante considération, et si nous manquons d'exploiter les avantages physiques que ce pays nous offre, nous mériterons bien d'être déchus. "

Dans une étude qu'il publia sur le Canada dans le *Frazer's Magazine* de 1857 sous le titre : *Notes on Canadian Matters*, Lord Bury disait entre autres choses en faveur de la ligne canadienne : " Ce projet est d'une nature éminemment impériale. Il ne concerne pas plus le Canada exclusivement que le maire et la corporation de Londres. C'est une question qui affecte au plus haut degré la continuation de la prospérité de l'Angleterre. Ce chemin est la route la plus courte pour la Chine, l'Australie et les Indes, et seul il offre une voie inattaquable pour communiquer avec ces pays. Il donnerait au commerce anglais une direction nationale, il augmenterait notre marine marchande dans l'Océan Pacifique et l'Océan Atlantique ; il détournerait au profit de l'Angleterre le commerce de l'Amérique Britannique, qui s'en va de plus en plus aux Etats Unis ; il élèverait l'empire d'Angleterre à l'orgueilleuse position de la confédération la plus invulnérable et la plus glorieuse qui ait été formée par la guerre ou le commerce."

La presse anglaise n'a pas été la dernière à proner l'entreprise comme étant conforme aux plus grands intérèts de l'empire, et tout dernièrement encore les principaux journaux de Londres en vantaient l'importance. Dès 1861, on lisait dans le *Times* de Londres, ces paroles concluantes :

" Les avantages que retirerait l'Angleterre d'un chemin de fer sur son territoire sont incalculables. La construction d'un chemin de fer n'ouvrirait pas seulement à la civilisation un immense territoire dans l'Amérique Britannique du Nord, aujourd'hui inconnu, mais elle ouvrirait aux cultivateurs du sol dans cette région et en Canada, des moyens de transport pour tous les marchés du Pacifique et un passage aux mers de Chine. Sous tous les rapports politiques, sociaux ou commmerciaux, l'établissement d'un tel chemin de fer donnerait une vive impulsion *aux affaires du monde entier; et le résultat éclipserait toutes les étonnantes conquêtes que le siècle actuel a vues.*"

Les historiens de la Colombie Britannique ne se sont pas prononcés moins fortement en faveur d'une route du Pacifique à travers le territoire britannique. L'un d'eux, le Capt. E. Barett Lennard dit :

"La situation de la Colombie Britannique et de l'Ile de Vancouver sur le Pacifique est admirablement adaptée pour le commerce de la Chine, du Japon et de l'Australie, et ce n'est pas trop que de supposer que ces colonies deviendront le grand chemin entre ce pays et l'Angleterre. La distance entre Londres et Pekin serait par là reduite de 1,000 milles.

"N'avons-nous pas lieu d'espérer que le chemin de fer maintenant en voie d'exécution entre Halifax et Québec sera la première section d'un chemin de fer inter-océanique canadien, qui sera, dans l'avenir, le grand moyen de connexion entre l'Est et l'Ouest.........

" Quelle grandeur future la construction de ce chemin de fer assurerait à ces dépendances anglaises! Quel jour glorieux ce serait pour la Colombie que celui où les vaisseaux partis des Indes, de la Chine, de l'Australie, viendraient se rencontrer sur ses côtes, pour y décharger cargaisons et passagers."

En 1856, M. Aug. Langel disait dans une étude sur le chemin du Pacifique Américain, publiée dans la *Revue des Deux Mondes*: "Le chemin de fer canadien aurait l'immense avantage de s'appuyer partout sur des voies navigables et de traverser la partie la plus unie du continent : mais il ne parait pas que ce projet soit destiné à devenir jamais une réalité. Les Canadiens ne possédant pas par eux mêmes les capitaux nécessaires pour mener à bout une œuvre de cette nature, et il est douteux que les capitaux anglais aillent s'avanturer dans une entreprise aussi hasardeuse dont le premier effet, si elle pouvait jamais être couronnée de succès, *serait certainement d'amener une perturbation dans les relations commerciales du monde.* L'indépendance du Canada est aujourd'hui assez bien établie pour que les intérêts de la métropole et de la colonie ne soient plus sur les mêmes questions nécessairement confondu.

" Il ne me parait donc pas très nécessaire, au moins aujourd'hui, de s'appesentir sur le projet anglais, bien qu'il soit en lui-même très digne d'intérêt. Si nous l'avons mentionné, c'est surtout afin de montrer que le climat des latitudes canadiennes n'a point semblé un obstacle insurmontable à la construction d'un chemin de fer."

M. Langel n'est pas le premier écrivain qui ait douté de l'exécution de cette entreprise colossale "qui doit amener une pertubation dans les relations commerciales du monde." Mais le doute n'est plus aujourd'hui permis, et ce grand projet qui a pu être une brillante utopie, aux yeux d'un bon nombre, va passer avant longtemps dans le domaine des faits.

V

Les Territoires du Nord-Ouest et la Colombie Britannique.

Afin de mieux faire ressortir l'importance de notre grande route trans-continentale et les immenses résultats économiques qu'elle est appelée à produire, nous allons donner un aperçu des richesses agricoles, industrielles, minérales et fluviales des divers pays qu'elle doit traverser. Il servira de complément à notre travail.

Des études bien élaborées ont déjà été publiées par plusieurs plumes habiles sur les ressources multiples de ces territoires et nous invoquerons leur autorité pour donner à nos remarques toute l'exactitude possible. En parlant de ces régions, il est arrivé à plusieurs écrivains d'en faire un tableau trop flatté, de voir tout en rose, tandis que d'autres tombaient dans l'autre extrême. N'ayant aucun intérêt de farder la vérité, nous tâcherons d'éviter les exagérations que l'on a pu commettre dans l'un et l'autre sens.

En examinant la praticabilité du chemin du Pacifique, nous avons donné une idée du pays qui s'étend depuis le haut de l'Outaouais jusqu'au nord du Lac Supérieur. Cette contrée est à peine habitée ; on n'y trouve que quelques postes de la compagnie de la Baie d'Hudson autour desquels on cultive quelques arpents de terre. Elle est actuellement l'objet d'une exploration soignée, et elle ne sera plus bientôt une *terra incognita*, sur laquelle on ne peut risquer que des conjectures.

La région située entre le Lac Supérieur et la Rivière Rouge est très étendue et est accidentée à certains endroits. Si une certaine partie est impropre à la culture, on y trouve une portion considérable de bonnes terres. Elle est baignée par plusieurs rivières et grands lacs, qui la fertilisent et forment une chaîne ininterrompue de navigation.

Sir George Simpson se rendait en 1841 à la Rivière Rouge en suivant la rivière Kaministiquia, qui se décharge dans le Lac Supérieur, et il faisait de la vallée qu'elle arrose une brillante des-

cription. " Nous avons passé, " disait il, " pendant notre marche
à travers des forêts d'érable, de chêne, de bouleau, etc., et plus d'un
endroit nous rappelait la richesse des scènes pittoresques de l'Angleterre. Les sentiers de beaucoup de portages étaient émaillés
de violettes, de roses et de fleurs sauvages...... Les fruits abon-
daient...... On ne saurait traverser cette belle vallée sans croire
qu'elle est appelée à devenir le séjour d'hommes civilisés, où paî-
tront des troupeaux d'animaux mugissants, et où s'élèveront des
écoles et des églises" ....

M. Dawson, qui a établi la route qui porte son nom entre la
Baie du Tonnerre et Fort-Garry, parle dans les termes suivants du
pays situé entre ces lieux :

"Cette contrée est généralement onduleuse, accidentée et coupée
de rivières aux courants rapides et par de grands lacs. Les montagnes, cependant, à l'exception de celles qui se trouvent sur les bords
du Lac Supérieur, ne sont pas bien hautes, et l'on y voit plusieurs
belles vallées d'alluvion, dont la plus considérable est celle de la
Rivière La-Pluie. Les lacs et les rivières sont navigables sur de
grandes distances, dont la plus longue est de 158 milles, s'étendant
depuis le fort Francis jusqu'à l'extrémité ouest du Lac Plat.
D'épaisses forêts couvrent tout la région et l'on y trouve en divers
endroits, et en grande quantité des bois de la meilleure espèce.
Il se trouve aussi de l'orme sur la rivière La-Pluie et du pin blanc
de belle grosseur et de bonne quantité en abondance sur les bords
des rivières qui descendent la pente rapide de la côte est pour se
jeter dans le Lac Supérieur ; mais il est encore plus abondant sur
la côte ouest, le long des rivières qui se dirigent vers le Lac
La-Pluie. Sur les rivières Sageinogo, Seine et Maligne, il y a de
vastes forêts de pin rouge et de pin blanc. Il se trouve aussi ça et
là du pin blanc dans la belle vallée de la Rivière La-Pluie et sur
les îles du Lac des Bois ; mais en gagnant à l'ouest, il devient de
plus en plus rare, et arrivé près du Lac Winnipeg, il ne s'en voit
plus du tout.

" Si l'on met les forêts de pin du voisinage du Lac La-Pluie en
regard avec les fertiles régions qui s'étendent à l'ouest de la Rivière
Rouge,—où il n'y a que peu de bois propre aux objets domestiques,
— et si on les envisage sous le rapport de ce que peuvent devenir
plus tard les besoins de cette immense contrée, elles prennent
alors une importance qu'il ne faut pas se dissimuler en estimant
les ressources de cette partie du pays."

Les remarques de M. Dawson sur l'importance de ces forêts sont
très justes. Car, le sol du nord ouest est loin d'être aussi généralement couvert de vastes boisés que celui du Canada. Il y a sans

doute à certains endroits de magnifiques futaies, mais sur des espaces immenses, dans les prairies par exemple, on n'y trouve que quelques bouquets de peupliers et d'arbrisseaux. Beaucoup de forêts qui existaient encore, il y a quelques années, ont été détruites par de terribles incendies qui ont causé des dommages incalculables.

Mgr. Taché confirme en partie ce que dit M. Dawson à ce sujet dans son *Esquisse sur le Nord-Ouest*, un ouvrage qui doit revêtir une grande autorité ; puisque cet éminent prélat a parcouru toutes ces régions lointaines depuis plus de vingt-cinq ans, et qu'il a été ainsi en mesure d'en faire une étude approfondie :

" La Rivière La-Pluie, le Lac des Bois, la Rivière Winnipeg, les îles du lac de ce nom, les terres entre le Lac des Bois et la Rivière Rouge sont les seules parties bien boisées quant aux espèces, et seront d'une ressource immense pour la colonie d'Assiniboine où on sent déjà le besoin de ce secours éloigné. La belle lisière qui bordait autrefois la Rivière Rouge et l'Assiniboine a déjà subi une atteinte désastreuse."

Dans la vallée de la Rivière Rouge se trouve la province de Manitoba, le plus petit des états de la Confédération, puisqu'il n'embrasse qu'un espace de 13,000 milles carrés et ne compte pas plus de 13 à 14,000 âmes.

Il serait superflu d'en parler longuement. C'est l'endroit du pays qui, à cause de ses troubles politiques, a le plus occupé l'attention publique en Canada depuis deux ans. Déjà des centaines d'émigrants haut canadiens s'y sont dirigés et l'on peut compter qu'il vont y affluer avant longtemps, au fur et à mesure que l'on facilitera les communications avec le Canada. Ces 14,000 âmes jouissent du *self-government* et des libertés constitutionnelles dans toute leur plénitude.

Mgr Taché dit qu'au point de vue de la traite des fourrures, "le district de la Rivière Rouge a son importance, non pas sans doute dans ce qu'il produit lui-même, mais bien dans le fait qu'il est le seul centre important d'affaires dans le pays......... Ce district n'est pas encore tout colonisé et il est incontestablement la portion du Département du Nord la plus propre à cet effet. Le terrain y est partout un riche sol d'alluvion et une plaine de la plus complète uniformité."

La plupart des explorateurs et voyageurs qui ont parlé de la Rivière Rouge, ont fait le plus bel éloge de la fertilité de son sol. Lord Selkirk qui fit des essais de colonisation dans cette région, au commencement du siècle, prétendait qu'elle pourrait nourrir une population de trente millions d'habitants.

La vallée de la Rivière Rouge est un des pays du monde qui produit le blé en plus grande abondance. Le professeur Hind, dans son rapport officiel, porte la moyenne du rendement à 40 minots l'acre, et il remarque qu'elle l'emporte sur les régions les plus favorisées des Etats-Unis, puisque le Minnesota ne produit que 20 minots l'acre en moyenne ; le Wisconsin, 14 minots ; le Massachusetts, 16 minots, et la Pennsylvanie, 15 minots.

M. Hind fait ici erreur. Malgré sa fertilité, le sol de la Rivière Rouge ne produit probablement pas en moyenne plus de 30 minots. Et nous appuyons notre assertion sur le rapport assermenté de plusieurs habitants de la Rivière Rouge, dont les témoignages furent recueillis par un comité nommé par le Sénat au mois d'avril 1870. D'autre personnnes de Manitoba que nous avons eu l'occasion de consulter corroborent ce fait.

" Après le blé, " dit M. James W. Taylor, dans un rapport élaboré qu'il a adressé au gouvernement des Etats-Unis sur les relations commerciales entre cette contrée et l'Amérique Britannique du Nord Ouest," toutes les autres céréales secondaires en importance se cultivent, mais dans un rayon de cinq dégrés plus étendu dans la vallée McKenzie jusqu'au cercle artique. L'orge réussit dans les champs cultivés en blé précédemment ; les rendements en sont énormes et le poids du minot varie de 48 à 55 livres. L'avoine vient bien. Les pommes de terre se distinguent surtout par leur qualité et leur abondance.

" En 1856 la Colonie de la Rivière Rouge comptait 9,253 bêtes à cornes, et 2,799 chevaux, chiffres qui, dans un établissement de 6,523 âmes, font bien voir l'importance qu'on attache à l'élève du bétail. Les chevaux, l'été comme l'hiver paissent dans les bois, et restent toujoursgras sans qu'il soit nécessaire de les enfermer ou de leur donner du foin. Les paturages sans bornes qu'offrent les savanes herbeuses de la Rivière Rouge favorisent grandement l'élève des moutons."

Comme les contrées les plus favorisées ont leur part d'inconvénient, la région de la Rivière Rouge laisserait peu à désirer, malgré les rigueurs de son climat, si elle n'était visitée à certaines époques par des légions de sauterelles qui ravagent les grains.

Un bateau-à-vapeur l'a met l'été en communication avec les Etats-Unis, qui lui fournissent en grande partie ses importations, et dans quelques mois un embranchement du Pacifique Nord américain la reliera au Minnesota et au réseau de voies ferrées des Etats Unis. Nos voisins qui savent apprécier l'importance de ses ressources, font tout en leur pouvoir pour accaparer à jamais son commerce. N'est-ce pas là une preuve évidente qu'après nous être laissé devancer par nos voisins, il nous faut contrecarrer ces mesures, qui auraient pour effet d'américaniser promptement la nouvelle province de Manitoba, ou bien avouer notre impuissance ?

Notre chemin du Pacifique développera, entre autres grandes vallées, celle qu'arrose la rivière Assiniboine, le plus important tributaire de la Rivière Rouge. Mgr. Taché dit que "cette rivière n'est point navigable quoiqu'elle ait un cours de plusieurs centaines de milles. Son cours est excessivement tortueux, le bas coule sur un lit argileux à travers une vallée fertile, le haut traverse une plaine souvent sablonneuse et aride......... Le grand affluent de l'Assiniboine à l'Ouest est la rivière Qu'appelle, petit ruisseau au fond d'une vallée délicieuse et dont l'élargissement forme huit lacs où abonde la meilleure qualité de poisson blanc. Avec plus de bois la vallée du lac Qu'appelle serait une place de premier choix pour la colonisation. "

Parlons maintenant, de la grande vallée de la Siskatchewan, cette magnifique rivière qui, avec ses diverses branches, arrose une vaste région extrêmement productive et entre autres, la zone fertile *(fertile belt)*. Tous ceux qui ont visité ce pays ne tarissent pas d'éloges sur sa beauté et ses richesses agricoles et houillères. Dès 1814, notre compatriote Gabriel Franchère, qui revenait des côtes du Pacifique, en parlait avec la plus haute admiration, comme présentant en plusieurs endroits la scène la plus belle, la plus riante et la mieux diversifiée qu'on puisse imaginer. Pourquoi, disait-il, tandis qu'en Europe et en Angleterre surtout, tant de milliers d'hommes ne possèdent pas en propre un pouce de terre, et cultivent le sol de leur patrie pour des propriétaires qui leur laissent à peine de quoi subsister, tant de millions d'arpents de terres en apparence grasses et fertiles, restent-ils incultes et absolument inutiles ?

M. E. Bourgeau, un botaniste remarquable qui accompagna le Capt. Paisler dans son expédition, disait entre autres choses : " Je dois appeler l'attention sur les avantages qu'il y aurait de fonder des établissements agricoles dans les vastes plaines de la Terre de Rupert, et particulièrement sur la Siskatchewan, dant les environs du Fort Carleton. Cette région est beaucoup plus propre à la culture des principales céréales des climats tempérés, tels que le blé, le seigle, l'orge, l'avoine, etc., qu'on semblerait porté à le croire, à cause de sa haute latitude. En effet, les quelques tentatives, que l'on a faites, de cultiver des céréales dans les environs des postes de la compagnie de la Baie d'Hudson, démontrent abondamment combien il serait facile de récolter des produits sur une échelle suffisante pour récompenser le travail du cultivateur. Là, pour mettre la terre en culture, il suffirait d'ensemencer les meilleures parties du sol. Les prairies offrent des paturages naturels pour la nourriture d'immenses troupeaux, tout aussi riches que s'ils avaient été faits artificiellement. La construction des maisons pour les pionniers à mesure que la contrée s'établirait, serait chose facile, parceque, dans plusieurs localités, à part le bois, l'on trouve de bonne pierre à bâtir, et dans d'autres il serait aisé de trouver de la glaise pour faire de la brique, plus particulièrement auprès de la Rivière Battle. Les parties les plus favorables seraient ensuite, dans les environs du fort Edmonton, ainsi que le long de la rive sud du bras nord de la Siskatchewan. Dans cette dernière région, l'on rencontre de riches et vastes prairies parsemées ça et là de bois et de forêts, et remarquables par l'excellent paturage qu'ils pourraient offrir aux animaux domestiques .... Dans les jardins aux postes de la compagnie de la Baie d'Hudson, mais surtout dans ceux des missions, les légumes, tels que les fèves, les pois et les haricots ont été cultivés avec succès, ainsi que les pommes de terre, les choux, les navets, les carottes, la rhubarbe et les raisins."

Le professeur Hind en parle comme suit : " La région fertile de sol cultivable — composée partiellement de prairies riches et ouvertes, et partiellement couverte de bouquets de tremble — qui s'étend du lac des Bois au pied des Montagnes Rocheuses, a environ 80 à 100 milles de largeur. Le bras nord de la Siskatchewan traverse la région fertile, par une vallée variant d'un quart de mille à un mille de largeur, avec une profondeur de 200 à 300 pieds au dessous du niveau de la prairie ou des plaines, jusqu'à ce qu'il atteigne les bas-fonds, à quelques milles à l'est de Fort-à-la Corne. La superficie de cette région si extraordinairement fertile, est d'environ 40 millions d'acre. Autrefois, c'était une contrrée boisée, mais plusieurs feux consécutifs l'ont partiellement dépouillée de ces arbres ; les pâturages y sont excellents, et le sol en est profond et composé de terre franche ....

" La région fertile de la vallée de Siskatchewan ne doit pas uniquement son importance au fait qu'elle contient 64,000 milles carrés de terre arable, couvrant une longeur de 800 milles sur une largeur de 80 milles à travers le continent ; c'est plutôt au contraste entre une immense contrée sub-arctique au nord et une contrée déserte au sud, que cette lisière de bois si favorisée est redevable de sa valeur politique et commerciale. "

Le capitaine Palliser dit que " c'est une contrée partiellement boisée, couverte de lacs et riche en pâturages naturels, rivalisant en beauté avec les plus beaux parcs de notre pays. "

Mgr. Taché affirme de son côté que "la rivière Siskatchewan a une importance tout exceptionnelle qu'elle emprunte à l'immensité et aussi à la richesse de la plaine qu'elle arrose. Elle a ses sources principales dans les Montagnes Rocheuses, ce qui, grâce à ses sinuosités, lui donne un cours de plus de 1200 milles......... Les terrains houilliers que traversent les différentes branches de la Siskatchewan sont une grande source de richesse et favoriseront la colonisation de cette vallée, où la nature a multiplié des sites d'une beauté qui défie ce qu'il y a de plus remarquable au monde en ce genre. Je comprends la prédilection exclusive que les enfants de la Siskatchewan nourissent pour leur pays natal. Après avoir traversé le désert, après s'être éloigné à une si grande distance des pays civilisés, que l'on croirait parfois avoir le monopole du beau, on s'étonne de trouver à l'éxtrémité ouest tant et de si magnifiques terres. A côté de grandes et sauvages beautés qu'offre l'aspect des Montagnes Rocheuses, l'auteur de la création s'est plu à étaler le luxe si attrayant des plaines de la Siskatchewan."

Au nord de la Siskatchewan, près des Montagnes Rocheuses, coule la grande rivière Athabascaw. Le district auquel elle donne son nom, dit Mgr. Taché, " est en plus grande partie un pays inculte. La vallée de la rivière à la Paix fait une belle exception à cette triste aridité. Sur les deux rives de cette rivière il y a des terres magnifiques ; des prairies d'une grande fertilité y sont parsemées d'épaisses touffes de beau bois de construction. Quelques points sur la rivière Athabaskaw offrent aussi des avantages réels pour la colonisation. La nature est magnifique dans ce district, la vallée de la petite rivière de l'Eau Claire a des beautés saisissantes et exceptionnelles. Les rives du grand fleuve reportent, par leur aspect, vos pensées sur les plus beaux fleuves du monde......."

C'est à environ 150 milles à l'est des Montagnes Rocheuses que se trouve la grande couche de charbon, qui donnera plus tard tant d'importance à la région de la Siskatchewan. Selon Sir John Richardson, elle s'étend sur une largeur probable de 50 milles et se prolonge sans interruption sur 16 degrés de latitude jusqu'à l'océan arctique.

On ne saurait, en vue surtout de la construction du Pacifique, attacher trop de prix à ces gisements de houille. Car, le charbon joue de notre temps un rôle énorme dans l'industrie économique des peuples. Il alimente la navigation à vapeur, les voies ferrées, les manufactures et usines, sert à la fabrication du gaz et à mille objets dont la dénomination serait longue. La houille et le fer ont fait la fortune de l'Angleterre, et on a dit avec raison que le charbon lui était d'une bien plus grande valeur que les sables aurifères ou les mines du Mexique. Il fera notre propre fortune dans un avenir qui n'est pas éloigné.

Du reste, toute notre région du nord-ouest est fort riche en métaux et en minéraux. Dans le district arrosé par la rivière Mac-Kenzie, on trouve des gisements carbonifères, des puits de poix minérale et bitumineuse. Le vaste territoire de l'Athabaskaw renferme d'abondantes richesses minérales, telles que le souffre, le sel, le fer, le bitume, la plombagine et le pétrole. On remarque sur les bords de la Rivière à la Paix des carrières de plâtre et des dépôts houillers que l'on croit être d'une grande valeur. Les masses de sable qu'elle roule depuis l'endroit où elle s'échappe des montagnes Rocheuses recèlent de l'or. On trouve également de l'or sur les bords de la Siskatchewan : c'est donc une nouvelle richesse à ajouter à ses inépuisables ressources.

On sait encore qu'à l'extrémité sud-est de ces régions, sur les bords du Lac Supérieur à Fort William et Prince Arthur's Landing, et sur le Lac Shebandowan, qui est situé à 40 milles de ces localités, on trouve de magnifiques mines d'or, d'argent et de cuivre. L'an dernier, les mines d'argent seules ont donné un rendement de \$1,000,000. Il y a quelques mois des centaines de mineurs sont accourus sur les bords du Lac Shebandowan, à la recherche de l'or, et il est certain que leur exploitation deviendra une source de richesse pour cette partie du pays.

Les Montagnes Rocheuses sont la grande barrière naturelle qui sépare la Colombie Britannique du Canada. La nouvelle province s'étend depuis le versant occidental de ces montagnes jusqu'à l'Océan Pacifique et embrasse une superficie de 220,000 milles carrés. Ses côtes maritimes ont une longueur de plusieurs cents milles et sont échancrées par mille baies pittoresques, qui forment une multitude de ports naturels, et offrent en conséquence de grands avantages à la navigation océanique. Entre le détroit du Puget et Sitka, dans l'Alaska, se trouve un archipel renfermant grand nombre d'îles magnifiques ; la plus importante est l'Ile de Vancouver, qui a 270 milles de long et 40 à 50 de large.

La Colombie est traversée par plusieurs chaînes de montagnes aux groupes gigantesques, qui courent dans une direction parallèle avec l'Océan Pacifique. La chaîne Cascade est la plus élevée et quelques uns de ses pics neigeux ont une altitude de 8000 à 14000 pieds. Les flancs de ces montagnes sont couverts de bois et recèlent des minéraux en grande abondance.

Elle est sillonnée par plusieurs belles rivières, au cours majestueux, entre autres la Fraser, la Thompson et la Colombie. La Fraser est navigable jusqu'au Fort Yale à 100 milles de son embouchure, et son cours se trouve ensuite interrompu sur un espace de 300 milles. La Colombie prend sa source dans l'Océan Pacifique sur le territoire de Washington et parcourt le pays sur une étendue de 600 milles.

MM. Milton et Cheadle dans leur ouvrage : *The northwest passage by land*, affirment que l'étendue de la terre arable est vraiment très limitée dans cette province et que si l'on excepte un petit district qui va de l'extrémité méridionale du lac Okanagan à la Grande Prairie, sur la route qui conduit à la rivière Thompson ; quelques morceaux de bonne terre à l'intérieur ; et le delta du Fraser couvert presque en entier d'épaisses forêts et exposé aux inondations de l'été, tout le pays n'offre qu'une nappe de rochers, de graviers et de cailloux roulés.

On ne saurait appeler, à proprement parler, la Colombie Britannique une région agricole. Cependant, il semble que l'opinion énoncée par MM. Milton et Cheadle est loin d'être aussi juste qu'ils voudraient le faire croire. Le gouverneur de la Colombie, M. Trutch, est d'opinion qu'un quart ou un tiers de cette province se compose de terres arables. Les travaux miniers ont jusqu'à préset été l'occupation presque exclusive des colons, mais une bonne partie de la Colombie est cependant en culture. Le terrain est extrêmement propre à l'élève des bestiaux et plus d'un cultivateur possède de 200 à 1000 têtes de bétail. Les animaux vivent constamment en plein air et leur entretien est peu coûteux. Les plateaux et collines qui s'étendent entre les rivières Thompson et Fraser sont couverts d'une herbe extrêmement abondante et nutritive appelée le *bunch-grass*.

La Colombie est couverte de forêts épaisses, d'une végétation puissante, auxquelles celles de la Californie sont seules comparables. Les arbres ont cent, 200 et quelquefois plus de 300 pieds de hauteur avec une circonférence de 10 à 12 pieds. Le pin Douglas est surtout d'une valeur précieuse. Droit et uniforme, souple et flexible à la fois, il fournit des espars et des mâts pour les plus grands navires. On peut s'en procurer de 150 pieds de long. On trouve également en quantités inépuisables l'érable, le cèdre, le pin blanc, l'aulne, le saule, le peuplier, le bouleau, enfin la plupart des espèces de la famille des conifères. Ces forêts ont encore été si peu exploitées qu'elles semblent intactes. On en exporte annuellement pour une valeur d'environ $250,000.

Dans son ouvrage sur la Colombie, le Dr. Rattray dit, au chapitre relatif au bois de construction :

" Le bois de construction de la Colombie Britannique est trèsvarié en même temps que fort précieux. La contrée, principalement sur le bas de la Rivière Fraser, est fortement boisée. Les forêts de cette colonie, on peut le dire, sont inépuisables, et produiront encore du bois en abondance lorsque celui de Vancouver sera entièrement consommé.

" La Colombie Britannique possède des avantages hors ligne pour activer l'exportation de ses bois. Au moyen de ses rivières larges et rapides, surtout le Fraser et ses tributaires, et du lac Harrison ainsi que d'autres lacs, qui s'y relient, les bois du nord-est, de l'est et du sud de l'intérieur, et de toute l'immense étendue de la contrée boisée égoutée par le Fraser, peuvent être acheminés à New Westminster ou Victoria pour de là être expédiés à l'étranger ; tandis que les bois des régions montagneuses, entre la côte occidentale et la chaîne Cascade et du lac Harrison, peuvent être pareillement transportés par les plus petits cours d'eau et les nombreux bras de mer qui se trouvent dans cette direction, entre autres, le bras Bentinck, Howe Sound, Bute Inlet, etc., où il serait facile d'établir des moulins à scie pour la fabrication des espars, semblables à ceux qui sont actuellement en opération à Barclay Sound.

" Les bois de construction de la Colombie Britannique, bien que plus variés que ceux de Vancouver, y sont, cependant, moins utilisés, sauf comme combustible et pour la construction des maisons.

" L'on pourrait facilement trouver grand nombre de marchés vers lesquels pourraient être dirigés les bois de Vancouver et de la Colombie Britannique. En Angleterre, le besoin d'espars, de chêne et d'autres bois, se fait vivement sentir dans la construction des navires. En Australie et dans l'Amérique du Sud, le bois est rare ; et, en Chine, surtout dans le Sud, où la population sacrifie tout aux exploitations agricoles, le bois est très-rare, très-précieux et en grande demande pour la construction des maisons, des jonques et des bateaux. En Chine, les bois mous de Vancouver s'écouleraient promptement, de même que le charbon de bois dont se servent les Chinois pour tous les usages domestiques."

La Colombie est remarquable encore par des richesses miné- rales qui le cèdent à peine à celles de la Californie. Ses terrains aurifères s'étendent non seulement le long des rivières Fraser et Thompson, mais encore dans le district d'Ominica, dans le nord de la Colombie sur les bords de la rivière à la Paix, de l'Ominica, de Germansen Creek et de plusieurs autres rivières et ruisseaux. Les mines d'or du district de Caribou sont célèbres dans le monde entier. De fait leur richesse n'a jamais été surpassée. Des milliers de personnes les ont exploitées depuis le moment de leur découverte, et bien que leur outillage ait été fort imparfait, grand nombre ont fait par leurs fouilles de grandes fortunes. En 1864, le claim Cunnigham a fourni en moyenne durant le temps des opérations à peu près $2,000 par jour ; le claim Dillon a donné en un jour la somme étonnante de £4,000 sterling. Les mines d'or de la Colombie ont été extrêmement productives durant les années 1863, 1864 et 1865 ; on porte l'exportation de l'or pour cette période à $8,000,000. En 1867, elle a été de $1,500,000, et depuis la découverte des mines jusqu'à cette année elle n'a pas dépassé $17,000,000.

Lorsque l'étude de la constitution géologique du pays sera terminée, et que l'on aura construit des chemins plus faciles pour arriver aux mines, on peut compter que les capitalistes s'empresseront de poursuivre énergiquement leur exploitation, dont le développement prendra des proportions extraordinaires.

La Colombie possède encore des mines d'argent, de cuivre, de fer, de plombagine et autres, mais malgré leur richesse elles n'ont guère été exploitées, car on s'est livré avant tout à la recherche de l'or. La vallée du Fraser abonde en mines d'argent qu'une compagnie va exploiter sur une grande échelle. Nous avons déjà parlé des superbes mines de charbon bitumineux et anthracite qui gisent dans l'Ile de Vancouver. En 1869, l'exportation de la houille à San-Francisco seulement a atteint la somme de $125,000, et la vente en 1870 a été de 29,845 tonneaux.

Les pêcheries de la Colombie sont d'une richesse extraordinaire. L'éturgeon, le saumon, le houlican, la morue, le hareng, le fletan, les sardines, etc., se trouvent en abondance. L'éturgeon pèse jusqu'à 500 livres et se prend très facilement. Le saumon est très varié et on peut en mer en emplir un canot par jour en le pêchant à la ligne. Le houlican est un petit poisson qui afflue dans les rivières à la fin d'avril ; on peut alors en prendre par millions. On trouve des bancs d'huîtres à Burrard Inlet. Une compagnie fait depuis quelques années, avec de bons profits, la pêche à la baleine sur les côtes du Pacifique.

Lorsque ces richesses maritimes et fluviales seront exploitées sur une grande échelle, elles seront une source inépuisable de revenu et l'on fera des exportations immenses de poisson.

La chasse est aussi abondante que variée. L'exportation des fourrures en 1869 a été d'environ $233,000.

A l'époque de la fièvre de l'or, la population de la Colombie était plus nombreuse qu'à présent. En 1871, elle se composait de 8,570 blancs, 422 noirs et 1548 chinois, formant un total de 10,586, outre 30 à 40,000 sauvages.

On peut être sûr qu'une immigration considérable va se porter dans cette province aussitôt que le chemin du Pacifique sera en voie d'exécution. Les travaux seuls de cette colossale entreprise donneront de l'emploi dans cette partie de la Confédération à environ 10,000 travailleurs durant plusieurs années.

Le manque de communications a été le grand obstacle qui a nui au développement de la Colombie. Plusieurs de ses mines d'or les plus précieuses ont dépéri à cause de leur difficile accès. Bien que ses ressources soient limitées, le gouvernement de la Colombie a cependant exécuté un grand chemin qui ferait honneur à une nation plus populeuse, celui qui conduit aux mines d'or du Caribou.

Cette route a coûté environ $1,250,000. Elle a été construite en grande partie sur le flanc des montagnes qui bordent les rivières Fraser et Thompson, et sur son parcours se trouvent des précipices affreux de 500 à 1000 pieds de profondeur. Les obstacles que notre Pacifique aura à vaincre sont sans importance en comparaison de ceux que l'on a dû surmonter pour construire ce chemin. Le transport des voyageurs se fait sur cette voie au moyen d'une diligence traînée par 5 à 6 chevaux, et celui des marchandises par des convois de chariots traînés par de nombreux mulets et bœufs. Ce moyen de communication est aussi lent que difficile et coûteux, et les mineurs attendent anxieusement, le jour où un chemin de fer abrégera les distances et rendra leurs exploitations plus économiques.

La Colombie jouit maintenant des libertés constitutionnelles si chères à tout sujet anglais et le nouveau régime ne peut manquer d'avoir une influence énorme sur son avenir. Encore quelques années, et les chemins de fer en la sillonnant l'auront transformée et des millions naîtront de ses mines, de son agriculture, de ses bois et de ses pêcheries. Le chemin du Pacifique terminé, elle deviendra l'un des entrepôts du commerce universel, Victoria éclipsera San-Francisco comme port de mer, et la Colombie aura pour le Canada l'importance que la Californie a pour les Etats-Unis.

Lorsque cette grande œuvre sera accomplie, nous verrons alors la réalisation de la parole prophétique de Montalembert, que des bouches de l'Orégon à celles du St. Laurent, la nouvelle fédération sera un jour la rivale de la grande fédération américaine.

INDEX

—